JN123899

私の出逢った詩歌

下巻

進士郁
Shinji Iku

西田書店

私の出逢った詩歌〔下巻〕目次

第五章　学生の頃に

第六章　朱夏の日々に

第七章　白秋は病と共に

補遺　好きな漢詩の中から

第五章　学生の頃に

一　惜別の歌　島崎藤村の詩より

一　遠き別れに　たえかねて
この高殿に　登るかな
悲しむなかれ　我が友よ
旅の衣を　ととのえよ

二　別れといえば　昔より
この人の世の　常なるを
流るる水を　眺むれば
夢恥かしき　涙かな

三　君がさやけき　眼のいろも
君くれないの　くちびるも
君がみどりの　黒髪も
またいつか見ん　この別れ

四　君のゆくべき　山川は
おつる涙に　見えわかず
袖のしぐれの　冬の日に
君におくらん　花もがな

学校の器楽個人練習室で「小諸なる古城のほとり」などとともに、お友達に教えていただいた歌の中にこの歌がありました。

後年『一億人の昭和史　別冊昭和流行歌史』（毎日新聞社）に次のような投稿が載っていましたので、その一部を省略して紹介します。

「昭和十九年、中央大予科生だった私たちは勤労動員にかり出されていた。油にまみれて働く私たちの仲間に、毎日のように召集令状がきた。敗色は日増しに濃く、私たちが動員されていた東京板橋の陸軍造兵廠の一部も工場疎開することになった。

暗澹たる毎日であった。そんな私たちに同じ動員仲間の東京女高師の学生たちから『惜別の歌』が贈られた。灰色の青年時代であったが、灰色の厚い雲間からさす陽光のように、私たちは感動した。着るものはなく、食べるものは乏しく、明日の命の分からぬだけに、格調高い藤村の詩は、多感な私たち学徒の胸を強くゆさぶった。

この詩にギターの得意な藤江英輔君が作曲した。戦地へ赴く学友を送るたびに友情と別離の思いを精一杯込めてこの歌が歌われた」

私たちが一九九二年頃に勤労動員中の愛唱歌を募集しました中にもこの歌がありました。

現在発行されている流行歌集の解説には「板橋の陸軍造兵廠に学徒勤労動員中、戦地に赴く学友を送るに際し、友情と別離の思いをこめてつくられました」とあります。

この詞の元の詩は、島崎藤村の『若菜集』に収められている「合唱」の中の「四　高楼」です。次に藤村の詩を記載します。長い詩なので、紙数の関係から二行を一行とし、行間が一行明けてある箇所を詰めて記しました。

高楼　島崎藤村

わかれゆくひとををしむとこよひより
　とほきゆめちにわれやまとはむ

妹

とほきわかれに　たへかねて
このたかどのに　のぼるかな
かなしむなかれ　わがあねよ
たびのころもを　ととのへよ

姉

わかれといへば　むかしより
このひとのよの　つねなるを
ながるるみづを　ながむれば
ゆめはづかしき　なみだかな

妹

したへるひとの　もとにゆく
きみのうへこそ　たのしけれ
ふゆやまこえて　きみゆかば
なにをひかりの　わがみぞや

姉

ああはなとりの　いろにつけ
ねにつけわれを　おもへかし
けふわかれては　いつかまた
あひみるまでの　いのちかも

妹

きみがさやけき　めのいろも
きみくれなゐの　くちびるも
きみがみどりの　くろかみも
またいつかみむ　このわかれ

姉

なれがやさしき　なぐさめも
なれがたのしき　うたごゑも
なれがこころの　ことのねも
またいつきかむ　このわかれ

妹

きみのゆくべき　やまかはは
おつるなみだに　みえわかず
そでのしぐれの　ふゆのひに
きみにおくらむ　はなもがな

姉

そでにおほへる　うるはしき
ながかほばせを　あげよかし
ながくれなゐの　かほばせに
ながるるなみだ　われはぬぐはむ

「高楼」は嫁ぎゆく姉と妹との別れを惜しみ悲しむ詩です。姉と妹との、少女らしい別れの哀惜の情を歌っています。

私の学校の先輩のお話によると、板橋の陸軍造兵廠に勤労動員された文科の方々は、重労働の為、病人が続出したので、学校側は心配し動員先が急遽変更になったということで、そのため生徒の動員先はばらばらになり、誰が何処に動員させられているのかが分からない状況になったということでした。彼女たちには戦時下の卒業短縮制度の為に、九月には繰り上げ卒業を控えていました。

当時、女高師は義務年限の制度があり、卒業後はそれぞれ全国各地の赴任地に、散り散りに奉職していかなければなりません。

戦局は悪くなり空襲も激しい戦時下、彼女たちは職場での別れに際して今別れれば何時また逢える日が来るだろうか、いや再び逢えることがあるだろうかとの思いから、その思いを藤村のこの詩に託して、かたみに交換しあっていたのではないでしょうか。それを同じ職場の藤江英輔氏が聞かれて作曲なさって出征する友人に贈られたのではないかと私は思うのですが。

彼女たちが、赴任していった女学校も、戦災で校舎が焼失してその後片付けに追われたり、また寮監として食糧難・物資難の折り故苦労されたり、そして何より教科書もない教室での授業に教師として苦しまれたでしょう。

生徒の方も勤労動員による学力の低下、敗戦による急激な価値観の変転に戸惑い、心も荒れていた人も多かったことでしょう。

友人たちはどうしているかしらと、彼女たちは動員中に別れた友を偲び、赴任先の女学生たちにこの歌を歌って聞かせたのではないでしょうか。

男子学生の方はまた前出の投稿の方のように、出征する学友を送る歌として歌われた、思い出深い歌だったと思われます。

私は戦争によって私たちの少女期に、藤村の「高楼」にあるような少女らしい抒情を豊かに育む事が出来なかったことに今も拘っています。思春期から成人女性になる過程の大切な少女期に、少女が少女として生きられなかった事は、女性が人間の女性として充分成長出来なかった事に繋がり、それが現在の女性の生き方の歪みとなってはしないかと。

二　山小舎の灯

米山正夫

一　たそがれの灯は　ほのかに点りて
懐かしき山小舎は麓の小径よ
想い出の窓に倚り君を偲べば
風は過ぎし日の歌をばささやくよ

二　暮れゆくは白馬か　穂高は茜よ
樺の木のほの白き影も薄れゆく
寂しさに君呼べど我が声むなしく
遙か谷間よりこだまはかえり来る

三　山小舎の灯は　今宵も点りて
憧れは若き日の夢をのせて
独りきくせせらぎも静かに更けゆく
夕べ星のごと　み空に群れ飛ぶよ

昭和二十一年からラジオで「ラジオ歌謡」が放送されるようになりました。戦時中には「国民歌謡」（後に「国民合唱」となる）がラジオで放送されていましたが、これらの歌には戦意高揚の意味が多くありました。

ラジオ歌謡は戦争が終わった後、空襲の惨禍に遭い、食糧もない苦しい生活を強いられている敗戦後の人々に、ＮＨＫが戦後明るい希望を与える歌を与えようと企画したものと聞いています。歌は二週間に一度位で変わって、毎朝放送されたように私は記憶しているのですが。「涙の出る朝何時もの角で／ばったり出会った真っ赤なベレー」という歌を聞いてから学校に行った覚えがありますから。「山小舎の灯」はラジオ歌謡の歌です。近江俊郎が甘いけれども爽やかな声で歌って多くの人に愛唱され、当時の若い人々には知らない人がいないほど親しまれた歌です。

大正から昭和初期頃、主に大学生や旧制高校生の間で登山ブームがおきて山岳部が作られました。槇有恒氏や西堀栄三郎氏等はこの時代の方です。太平洋戦争中は人々は登山を楽しむことは出来ませんでしたから山小屋は殆ど何処も閉じられていたことと思います。敗戦後は登山道は荒れ果て山小屋も整備されておらず、登山用具も登山服もろくに手に入らなかった昭和二十二、三年頃に、漸く若人達は山に登り始めました。それとても裕福な大学生達に限られていたように思われます。その頃谷川岳の一の倉沢での遭難が多かったようでした。私の家の近所の大学生も一の倉沢で遭難されました。「ザイルの一番後ろだったたんですって」と親戚のお嬢さんが話されました。登山道具が今のように品質が良い物だったら悲劇も防げたものをと思います。

大学四年の夏休みに卒論の下調べに飽きた私達は友人と三人で志賀高原の発哺（ほっぽ）にある大学のヒュッテ（正式名称は大学体育運動場）に遊びに行きました。当然男子禁制です。

登山の服装もせず岩菅山に登り蜻蛉の群れ飛ぶ人気のない山頂で仰向けで空を見ながら他愛のない人生論等をしたり「山小舎の灯」「セプテンバーソング」等を歌ったりして時を過ごし、下山の途中で物凄い雷雨に遭いました。遮る物のない岩山を駆け下り中腹の松林に駆け込みましたが、大木の下は雷が落ちるので恐いし、林の外は土砂降りだしと木の下を出たり入ったり。ずぶ濡れで薬師の湯に辿り着くと付近は降った形跡もありません。宿屋の御主人に「山の天候は変わり易いから気を付けて」とご注意を受けました。あの頃は岩菅山まで家は一軒もありませんでした。山道は何処も整備されておらず、大沼池には枯れ木を跨ぎながら辿り着きました。

卒業した年の夏休みには蓼科の教育大付属高校の山寮に友人と三人で行きました。当時は簡単に泊まれるような宿屋はありません。友人二人は大学の学会誌の資金作りの為の文法の問題集作成の打ち合わせの避暑で、その為に私も誘われたらしいのですが文法駄目の私は駄目。付属校卒業生の大学生グループに誘われて、早朝から蓼科山に登ったり、八子ヶ峰で蝶を追ったりして遊びました。

学会誌「国文」の創刊号に論文を書くようにと教授から仰せつかっていましたので、遊んだつけで帰京してから四苦八苦。出来たばかりの人造湖の白樺湖の周りには建物はなく、湖の中に何本かの白樺が立ち枯れて立っていました。

旧制高校の頃から登山をしていた夫と谷川岳の天神平に初めて登ってから、白馬岳・乗鞍岳・燕岳・尾瀬の燧岳（ひうちだけ）や北海道大雪山系の黒岳・旭岳等に登りました。子供達が小学校の頃には連れて一緒に。行く度に山荘も登山道も整備が整い便利になっていきました。

生徒を引率しての八ヶ岳の天狗岳登山は、「登れない生徒もいますから先生は黒百合平で一緒に休んで下さい」と言う事で行ったのに落伍者がいなくて仕方なく登りました。

私は山登りはあまり好きではないのですが、高山植物の花の美しさに魅せられています。

一九五〇年頃から一九七〇年頃にかけて戦後の登山ブームがありました。

朝日新聞に井上靖の小説『氷壁』が連載されたのが一九五六年です。これも若者達の山への憧れを誘ったのではないでしょうか。

幼い娘が回らぬ舌で「やまおとこにゃおれるなよ」と歌っていました。

山男の歌　　神保信雄

一　娘さんよく聞けよ山男にゃ惚れるなよ
　山で吹かれりゃよ若後家さんだよ

二　娘さんよく聞けよ山男の好物はよ
　山の便りとよ飯盒の飯だよ

テレビででも聞いたのでしょうか。同じ頃、

雪山讃歌　　西堀栄三郎

一　雪よ岩よわれらが宿り
　俺たちゃ街には住めないからに

二　煙い小屋でも黄金の御殿
　早く行こうよ谷間の小屋へ

という歌が若人の間で流行っていました。

昭和十八年に文科系学生・生徒の徴兵猶予が廃止され、十月に神宮外苑でその壮行式がありました。「小雨降る神宮外苑」の「学徒出陣」の悲壮な壮行式の映像は新聞やテレビでよく見ます。けれどもその後の学年からは召集は当然と為り、特別な壮行式もなく各自がひっそりと召集され戦地に赴きました。

我が家の知人のご子息の慶応大学の学生さんにも召集令状がきました。入隊を目前にしてその方は「今生の思い出に」と友人と二人で北アルプスの登山に行かれ、そのまま帰って来られなかったと伺いました。当時の事ですから捜索の人手も暇もありません。大声では言えない時代。厳しい取り調べでご両親も大変だったと密やかに伝え聞きました。何処かにひっそりと隠れて生きておられるのではないかと私は思いました。「山小舎の灯」を聞く度に、何処かの山小屋でひょっこりお会いすることもやとも思いました。

戦火を生き永らえた私は、戦後ヨーロッパアルプスのマッターホルンやアイガーやモンブラン等の山々を間近に望み、氷河を眺め、高山植物の咲く道を歩く旅が出来ました。

三　山のけむり　　大倉芳郎

一　山のけむりのほのぼのと
たゆとう森よ　あの道よ
幾歳消えて流れゆく
思い出の　ああ　夢のひとすじ
遠くしずかにゆれている

二　谷の真清水汲み合うて
ほほえみかわし　摘んだ花
山鳩の声聞きながら
行きずりの　ああ　君とともに
下りた峠のはろけさよ

三　山のけむりのたそがれに
別れた人の　うしろ影
あとふりかえり手を振れば
うすれゆく　ああ　淡い夕日が
染めた茜のなつかしく

ラジオから私の好きな歌声が聞こえてきました。豊かな声量ののびやかでゆったりとした、柔らかなそして品格があり深みのあるクラシックの格調の抒情的なバリトン。これは本格的な歌手が歌っておられるのだなと思いつつ聞きました。

「山小舎の灯」のような軽快な曲ではなく落ち着いた曲でもありました。歌詞もやや感傷的ではありますが品が落ちず抒情的で私はこの歌を聞くのが好きでした。

山鳩　　三好達治

山鳩が啼いてゐる
去年の春　この林を通つた時も
やはり啼いてゐたつけな
鞍部の小屋の煙出し　ああそれも
去年のままに傾いでゐる
今日もまた　あそこまで登つてみよう
眸にしみる空の色

「山のけむり」を聞くとなぜか三好達治のこの詩が思い出されました。静かで抒情的な詩の雰囲気が好きだったのでしょう。

あざみの歌　　横井　弘

一
山には山の愁いあり
海には海の悲しみや
まして心の花園に
咲きしあざみの花ならば

二
高嶺の百合のそれよりも
秘めたる夢をひとすじに
くれない燃ゆるその姿
あざみに深い我が思い

三
いとしき花よ汝はあざみ
こころの花よ汝はあざみ
さだめの道ははてなくも
かおれよせめて我が胸に

数年前に下諏訪で「勤労動員少女の会」の会合を開きました。お世話をして下さった方はその町の町議会議長をされた方でその後県政に携われた方です。

「贅沢は敵だ」の世に育ち、戦中戦後の窮乏の中で少女期を生きた私達の世代は年老いた今も慎ましい。宿舎は諏訪大社下社近くの国民宿舎でした。宿の夕食のお膳についたお箸袋にこの歌が書いてありました。この歌を聞かなくなって久しく（私は折にふれて時々歌いますが。歌の初めの二行の「山には山の〜海には海の〜」のところが好きなのです）懐かしくどうしてこんなところにと訊ねますと、この歌の作詞者が下諏訪に滞在なさっていてここで作詞されたとのこと。

翌日諏訪大社の御柱祭の御柱を落とす場所を見に行きました。そのあまりの急斜面に驚きましたが、その時その辺り一面に咲いているあざみの花を見て、作詞家がこの歌詞を作られたことを諾いました。

「山のけむり」も「あざみの歌」もラジオ歌謡で放送された歌です。歌っていたのは両方とも伊藤久男でした。私はその歌声も品格のある媚びない歌い方も好きでした。

夏の日　　三好達治

夏の日のまつぴるま
しんしんと蝉の啼く
松の疎林のほそ路に
かの乙女子の指させし
鬼あざみ
色あざやかにたけ高き
信濃路ふかき山あざみ
よき花よ
その花言葉
独立自尊
とりわきてわが好む花
かくいひてかの乙女子は
帽軽き額に汗し

私は「あざみの歌」を聞く度にこの「夏の日」を思いました。「夏の日」の載った詩集が発表されたのは、昭和十九年。あの戦時下によく刊行されたことと思います。この詩を読んだ時私は女学生でした。若い頭は海綿が水を吸い込むように吸収し、何年経ても忘れない。私の少女期は他に熱中するような楽しい事はありませんでしたから。

敗戦後、伊藤久男は戦時中に戦意昂揚の軍歌を多く歌った責任を感じて疎開先に引き籠っていたと聞きました。

改めて彼の歌った軍歌を調べますと、「露営の歌」「くろがねの力」「父よあなたは強かった」「海の進軍」「海を征く歌」等々。私の印象に残っている歌が多くあります。あの頃は歌っている歌手の名など知りませんでしたが、今思うに歌手の声が気に入っていたので、これらの軍歌を覚えていたのかと。伊藤久男は同郷の作曲家古関裕而の作曲し

父母のもとにいそぐと
下り路の歩をいそぎぬ
一日の旅のみちづれ
こゑ高くゑまひし君や
かの君や今はたたれが妻ならむ

おにあざみそのはなみれば
しなのぢのやまぢのとものの
おもほゆるかな

た歌を多く歌っています。私の知人の古関裕而ファンの方が「古関裕而は軍歌を多く作曲したから過小評価されている」と憤慨されておられますが、私はかつて「山田耕筰さんあなたに戦争責任はありませんか」という文を読んだ覚えがあります。軍歌は戦争応援歌です。時世とはいえ戦争に加担したと言えます。

伊藤久男には戦後に「たそがれの夢」「熊祭の夜」など多くの人に歌われた流行歌もありますが、それらの歌もラジオ歌謡も軍歌もみんなはや忘れられてしまいました。唯一今も毎年私達が聞くのは、古関裕而作曲の真夏の甲子園の全国高校野球選手権大会の開会歌「ああ栄冠は君に輝く」です。この歌を最初に歌った歌手は伊藤久男なのです。

四　星の流れに　　清水みのる

一　星の流れに　身を占って
どこをねぐらの　今日の宿
すさむ心で　いるのじゃないが
泣けて涙も　枯れはてた
こんな女に　誰がした

二　煙草ふかして　口笛ふいて
あてもない夜の　さすらいに
人は見返る　我が身は細る
街の灯影の　わびしさよ
こんな女に　誰がした

三　飢えて今頃　妹はどこに
一目逢いたい　お母さん
ルージュ哀しや　唇かめば
闇の夜風も　泣いて吹く
こんな女に　誰がした

（昭和二十二年）

昭和二十三年の年の暮れでした。日劇で舞台稽古を見て、麹町二番町の我が家に帰る為に数寄屋橋で新宿行の都電を待っていました。夜の九時頃でした。

その頃世間一般の家庭の若い女性は、夜は八時頃までには帰宅するように躾られており、我が家でもそのように躾られていましたが。その年の春、女学校を卒業して上級学校に進学していた私はクラブ活動は演劇部に属していましたので、両親もお芝居を見て遅く帰宅することにはわりあい寛容でした。

上級学校入学と同時に「これからは一人前の大人だから、自分で責任を持って行動するように」と父母から言い渡されていました。それでも演劇の稽古等で帰宅が遅い日が続くと、「僕は女の子を女子大に行かせているので、野郎を夜学にやっているのではない」と父からそれとなく牽制されました。

夜更けて新宿行の都電はなかなか来ず、人通りもなく、冬の寒い風は吹き付けるし、心細い思いで電車を待っていると、一目でそれとわかる容姿の女性が近づいてきて「あんた何年生。あたいも女学校に行っていたんだよ。空襲にやられてからやめちゃったけどね」と話しかけてきました。私が女学校を卒業していると言うと、「女子大か。いいねえ。何て学校」と言うので、学校名を言うと「あんた秀才なんだね。あたいの女学校にもそこを出た先生がいらっしゃったよ。袴はいて厳しくて。あたいがこんなことをしているのを知ったら何ていうかしら」と寂しそうに言いました。私はその場を早く逃れたくてやっと都電が来るとほっとして電車に乗りました。振り返って窓外を見ると彼女が手を振っていました。

昭和二十年の暮、東京に戻った時「求特殊従業員　十六歳以上の若い女性　素人歓迎　高給好待遇付食事　有宿舎」の張り紙を見ました。どんな仕事か知りませんでしたが戦災で家族や家を失った若い女性には魅力ある働き口のように思われました。当時は数え年でしたから十二月生まれの私も年が明けると数えの十六歳です。同年齢の人を募集しているのだと思いつつ他人事と見過ごしました。仕事の内容を進駐軍の慰安婦とは知らずに食・住・高給にひかれて若い女性が大勢応募し、その多くが処女だったと後年聞きました。

慰安婦募集は敗戦国日本に駐留する占領軍相手の「性の防波堤」の為と後に聞きました。

昭和二十年の暮には上野駅の地下道には戦災孤児と共に戦災少女も大勢いました。彼女たちが生きるために、はたまた家族を養う為に応募したことは察するにあまりあります。

敗戦後の街の日本の男性は一様に栄養失調の貧弱な体つきで今日生きるために精一杯のくたびれた顔で歩き、女性たちは惨めな服装で食糧調達の為竹の子生活をしていました。

巷には肌の色艶の良い栄養満点の肉付きの進駐軍の兵士が溢れ、その彼等の腕にぶら下がるようにして歩く、派手な衣装と一目でそれと判る細い蛾眉真っ赤な口紅の濃い化粧の女性の姿が多く見かけられましたが、自分とは別の人種のように私は思っていました。

「こんな女に誰がした」という歌が流行っていました。電車の中で私は「あたいも女学校にいっていたんだよ」と言った彼女の懐かしそうな声を繰り返し思いました。未だ二十歳前に見えるあの女性も私と同じように、つい二、三年前までは英米撃滅の号令の下に、学徒勤労動員で工場で働かされていたのではなかったか。あんな職業についたのは自ら好き好んでなったのではあるまいと気づき、心の何処かで彼女らを蔑んで見ていた自分の心を恥じました。

今まであまり気にも留めなかった「星の流れに」の歌詞を電車の中で繰り返し思い、これは「夜の女」と言われている人達の、この戦争を引き起こした国家への告発ではないかと気づきました。単なる彼女たちの嘆き節恨み節ではあるまい。もっと痛烈なる告発だと。彼女らが生きるために夜の女になったとしても誰が責められよう。責められるべきは彼女らをこのような境遇に追いやった戦争、彼女達を救おうとしない国家ではないか。これからは世間の偏見にとらわれたり、皮相的にものを見てはいけないと思いました。

敗戦後の日本は餓死者が出ると時の総理大臣が発言されたような食糧難、物質難。それに引き換え進駐軍はあらゆる点で豊かでした。

「欲しがりません。勝つまでは」と戦時中美しい物や美味しい食料もない生活を強いられていた少女たちが美しい服や美味しい食べ物等の豊かな生活に憧れたとて誰が責められよう。例えそれが春をひさぐ結果に繋がったとしても。明日の生活の為だけでなく今日の欲望の為に夜の女になった少女がいたとしても私にはとても責められません。美しい物に憧れる少女期を戦時中は赤いリボン一つ身に着けられず、戦後の混乱期はお金がなければ何も手にすることは出来なかったのですから。

麹町の我が家の近くにも進駐軍の高級将校の為のエスクヮイヤという高級社交場があり、停電の多い頃にも、毎夜不夜城のように電気がきらめき、着飾った貴婦人や令嬢が出入りしていました。

戦災で無一物になった上に、不在地主の我が家は農地解放で田舎の農地も失い、銀行預金は封鎖され、戦前とは違う惨めな生活になりました。それでも父母は私の進学を当然としていました。無事入学試験に合格出来たのは女学校を何度も転校したことを神様が憐れんで下さったのでしょうか。合格が神様の思し召しならば私に何らかの期待をかけて下さったのでしょう。夜の女にならざるを得なかった彼女らの為にも我が人生は徒や疎かに生きてはならない、広く深く学び考える人にならなくてはとその夜しみじみ思いました。

それから何年か経て銀座の通りで見知らぬ女性に呼び止められました。彼女があの夜の私を覚えていたのは、祖母の黒のセルの着物で母が手縫いした私の一張羅のスーツを見覚えていたせいではなかろうかと今にして思います。

誘われて入った喫茶店で、米兵と結婚して近々米国に渡るという彼女のそれまでの経緯と長い愚痴を聞きました。彼女はお別れに何もないからと香水の小瓶を私に渡して寂しげな様子で別れて行きました。こうして日本では夜の女と冷たい蔑視を浴びせられる女性たちの多くは、豊かで差別のない国と信じて米兵と結婚してアメリカに渡って行きました。

後年『非色』（有吉佐和子著）を読んで彼女の上に思いを馳せました。『非色』は米国内の人種差別を克明に描き出し、米国に渡った戦争花嫁のその後を書いた有吉佐和子氏の小説の傑作です。

「『星の流れに』は奉天から引揚げてきた一看護婦の新聞投書より生まれた。『両親も身よりもなく、上野の地下道に何も食べずに二日寝た。三日目、知らない男から握り飯を貰い、それから〃夜の女〃に転落していった……』と。作詞者は怒りを込めて、この詞を書き上げ、作曲者は上野の地下道や公園を見て回って、このメロディーをつけたという。（略）復員して来た私には家があり食糧があり、父母兄弟親戚があった。もし何もなかったらわたしはどうなっていたでしょう。（略）」という投書が、後年『別冊一億人の昭和史―昭和流行歌史』に載っていました。

この歌は当初有名な歌手に歌う事を頼んだらパンパンの歌は嫌と忌避したので菊池章子が歌ったという経緯があります。菊池章子は後年「岸壁の母」も歌っています。

戦後から何十年。我が国の世の中は豊かになり、巷では夜の女を見かけることもなくなり、彼女達が何処でどのように暮らして居るのかも人々から忘れ去られたその頃、有名な推理小説の女主人公として登場します。

松本清張氏によって昭和三十三年に雑誌に連載された『零の焦点』（『ゼロの焦点』と改題）の女主人公は夜の女であった過去を隠し、現在の生活を守る為に多くの人を殺します。

義経記伝説もある能登金剛は荒涼たる寂しい断崖でした。

森村誠一氏によって昭和五十年に書きだされた作品『人間の証明』の女主人公は進駐軍の黒人兵と

の間に出来た息子の米国からの出現から、その隠した過去によって社会的地位を失う事を恐れ息子も含めて次々と殺人を犯します。こうして戦後の混乱期の女性の過去は、何十年経てなお日本の社会は彼女らを殺人犯にすることで蔑視したのです。彼女らは身を売らなくては生きていけなかったのに。彼女らもまた世間の冷たい目を逃れて自分の過去を隠し去る事に腐心するのみでした。これらの作品の根底には如何なる事情があれ、「夜の女」は社会の片隅で過去を隠してひっそりと生きるべきという考えがあります。男は女の悲しみを知らない。

二〇〇五年の秋、映画「哀愁」の舞台となったロンドンのウォータールー橋に立ちました。

一度その場所に立ってみたかった。夜霧の橋の上に立つ、ビリケンさんを持った英国将校に扮したロバート・テーラーの哀愁に満ちた顔。夜霧の橋の上を通る軍用トラックの列に走り込んで自殺したその恋人ヴィヴィアン・リーの思い詰めた顔を思いながら。

戦争の為に踊り子の職を失った女主人公は病に倒れ、その彼女を友達が身を売って稼いで助けます。その事実を知った彼女もまた生きる為に身を売って生活せざるを得なくなります。彼女が戦死したと思い込んだ恋人を復員者の中に見つけたウォータールー駅にも佇んでみました。何も知らない恋人とその家族の暖かい愛情に包まれた彼女。彼女が身を投じた軍用トラックの車列の車体に赤十字のマークが付いていたのにお気づきでしたか。

戦争は女性にとってあまりにも悲しい。

五　夜なか

勝　承夫

ろばたで茶がまが　ぶくぶくたぎる
だれも知らない　夜なかの夜なか
茶がまは　手をだし　足をだし
火のけが　まだある　まだもえる
やけどだ　やけどだ　きておくれ

おせどのこおろぎ　この音きいて
かけひのちょろ水　木の葉にくんで
ぴょんぴょん　かけつけ　火けしやく
あっつつ　あっつつ　足やいた
どなたか　おくすり　くださいな

お庭のすみから　がまさんのそり
わたしのくすりを　つければなおる
まてまて　くらくて　わからない
茶がまよ　ぶくぶく　ふたならせ
こおろぎ　ころころ　はねならせ

（作曲　平井康三郎）

大学の正門を入ると左手に付属小学校があります。歌声はそこから聞こえてきました。あんまり可愛い歌でしたので暫く立ち止まって聞いていました。遠い昔のお話の文福茶釜が思い出されました。敗戦からあまり経っていない頃で、世の中がまだ殺伐としていた頃でした。

暖房もないその頃、鉄筋の建物は冷えきり、冬の教室は寒く、授業中の私達はオーバーを着たまま、かじかんだ手に手袋をしてノートを取ったりしていました。みんな貧しく物資も乏しく洋服生地なんて手に入りませんでしたから、オーバーのない人もいて、かく言う私もその一人でした。戦災で全家財を失うということは、戦後も長く人々に苦しい生活を強います。

近年大地震の被害があり被害に遭われた方々や悲惨な状況の報道を見聞します。地震は天災ですが、戦争は人々の手で防げることなので、私達は再び戦争を起こさないように全力をあげたいと思っています。

さて昔から狸と人間の生活とは密接な関係にあったらしく、童謡「証誠寺の狸ばやし」（作詞野口雨情・作曲中山晋平）で有名な千葉県木更津の証誠寺には、三味線好きな和尚さんの三味線に合わせて狸の一群が月夜に腹つづみを打って踊って、音頭取りの大狸の腹の皮が破れて死んでしまったので和尚さんが哀れんで狸塚をたてたという伝説があります。野口雨情の童謡は、この伝説と古くから伝わる「証誠院のペンペコペン、おいらの友だちゃドンドコドン」という鄙歌（ひなうた）から作られたということで、証誠寺には狸塚があります。

また群馬県館林の茂林寺には、江戸時代のお伽噺「分福茶釜」の茶釜が伝わっています。この茶釜のお湯は汲めども尽きず、福を分けるという所から分福茶釜と言われています。

　雨のしょぼしょぼ降る晩に
　豆狸（まめだ）がとっくり持って酒買いに

という昔から伝わる歌から、次のような童謡が作られました。

一　お山の子狸豆狸
　　月夜に酒買い里の道
　　途中で子犬に吠えられて
　　オーヤびっくりしゃっくりこ
　　慌ててすたこら逃げ出した

二　お山の子狸豆狸
　　ふもとの地蔵さんに化けたらば
　　烏にちっちくつつかれた
　　オーヤびっくりしゃっくりこ
　　あわててすたこら逃げ出した

狸や狐は化けて人を騙したり、悪戯したりすると昔から伝えられていて、「カチカチ山」の昔話などが有名です。それほど人間のそば近くに住んでいたのでしょう。「カチカチ山」は本当はもっと残酷なお話ですが。

先日電車に乗っていましたら、向かいの席でせっせとお化粧している若い女性がいました。そんなにみっともない顔でもないのに、お化粧をすればするほど悪くなるのにと思いつつ、本を読むふりをしながら子細に観察していました。最後にアイラインを引いて付け睫をしたら、あーらびっくりしゃっくりこ。狸そっくりになっていました。そこで一首。

少女子が狸に化けてゆくさまを車中に見たり春昼下がり　　郁

与謝蕪村に次のような句があります。

人は何に化けるかもしらじ秋の暮れ

また狸を詠んだ蕪村の句。

秋の暮仏に化ける狸かな

戸をたたく狸と秋をおしみけり

私の小学校の時の国語読本にはこんな詩が。

たぬきの腹つゞみ

「さあ、さあ、集まれ、月が出た。
みんなで、つゞみのうちくらだ」
お山の上では、親だぬき、
ぽんぽこ、あひづの腹つゞみ。

空には圓いお月さま、
ぽっかりうかんだ白い雲。
月にうかれて、腹つゞみ、
ぽんぽこ、ぽんぽこ、うち出した。

やぶのかげから、木かげから、
ぬっくり、ぬっくり、子だぬきが、
出て来てお山へ集まって、
ずらりと並んでわになった。

昔の童謡には動物のみならず、蛙や虫など子供の身の回りにいる生き物も登場しています。葱坊主や花も木も歌になっています。

私の幼い頃我が家に次のような歌のレコードがあり私の好きな歌でした。何分赤ん坊の頃の遠い昔の事ですから、歌の題名も作詞者も分らずに記憶頼りですがご紹介します。

一　一本おひげの　こおろぎが
夜明けに急いで歩いてた
おひげを探して歩いてた
《こおろぎさん　こおろぎさん
お髭を一本どうしたの
《昨夜(ゆうべ)お寺の縁の下で
お歌を歌っていたら
いたずら子猫にいじめられて
お髭を一本とられたの
それで泣く泣く　こおろぎは
なくしたお髭が恋しいと
夜明けに探して歩いてた

二　一本お角の　ででむしが
夜更けにひとりで歩いてた
お家を背負って歩いてた
《ででむしさん　ででむしさん
お角を一本どうしたの
《お昼お背戸の小枝の蔭で
雨宿りをしていたら
いたずら烏に見つけられて
お角を一本取られたの
それで急いで　ででむしは
とられたお角が惜しいので
お家を背負って探してた

《の下は台詞の言葉です。

この頃私はテレビの「こどもの歌」などをよく聞きますが、子供の心に沁みいるようなしみじみとした情緒的な歌がないように思われます。騒々しい曲と大人の世界を真似たような歌詞ばかりが多いのが残念です。子どもらしい可愛い歌がないかしら。

六　曾根崎心中

近松門左衛門

此の世のなごり　夜もなごり　死にに行く身をたとふれば　あだしが原の道の霜　一足づ
つに消えて行く　夢の夢こそあはれなれ。あれ数ふれば暁の　七つの時が六つ鳴りて　残る
一つが今生の　鐘のひびきの聞きをさめ　寂滅為楽とひびくなり。鐘ばかりかは草も木も
空もなごりと見上ぐれば　雲心なき水の面　北斗は冴えて影うつる　星の妹背の天の河。梅
田の橋を鵲（かささぎ）の　橋と契りていつまでも　わしとそなたは女夫星　必ず添ふとすがり寄り　二
人が中に降る涙　川の水嵩もまさるべし。

『曾根崎心中』は近松門左衛門の代表的な人形浄瑠璃で、これは堂島新地天満屋の遊女お初と大阪平野屋の手代徳兵衛との心中への道行の場面の浄瑠璃です。この一節は高校の文学史にも載っている有名な一節ですから、多くの方々は諳じておられることでしょう。日本の作品には詩や歌だけでなく、物語の文章も七五調等の定型の韻を踏んでいるものが多いのです。私達は幼い頃親たちから聞いた昔語りや読んでもらった絵本の文章からこのようなリズムに親しんで来ましたし、私自身も文章のこのようなリズムが好きなので自然と覚えてしまいました。これから私の出逢ったそういう作品の幾つか

も取り上げていきたいと思いますので、それらの文章のリズムも鑑賞して戴きたいと思います。

私の母は歌舞伎が好きで女子大の頃から沢山観劇をしていたとの事で、ご贔屓は吉右衛門や十五世羽左衛門や六代目菊五郎でした。若い頃歌舞伎の劇評家になりたいと、劇評家岡鬼太郎氏に心酔していて、三宅周太郎氏の劇評は甘い等と言っていました。それがあにはからんや、結婚したら夫の仕事の関係で芝居も見られぬ山奥暮らし。購読している「演芸画報」が唯一の楽しみという生活。

母は雑誌の写真を見ながら、それぞれの役者の声色で科白を言い、芝居の世界を懐かしみ徒然を慰むるという状態でしたので、私は赤ん坊の頃からそれを聞いて育ちました。

大学の入学試験の時でした。俳句が二十句ばかり出て「季語と季節を書きなさい」とありました。一句だけ分からなくてそのままにして他の問題を書き終わり、これだけなのに残念と思った時に、お嬢吉三の「月も朧に白魚の篝(かがり)も霞む春の空」が思い浮かびました。

月も朧に白魚の　篝も霞む春の空　冷えて風もほろ酔ひに　心持ちよくうかうかと　浮かれ烏の
只一羽　塒(ねぐら)に帰る川端で　棹の雫か濡れ手で粟　思ひがけなく手に入る百両（お厄払ひましょう）
ほんに今夜は節分か　西の海より川の中　落ちた夜鷹は厄落とし　豆沢山に一文の　銭と違って金
包み　こいつァ春から縁起がいいわえ。

河竹黙阿弥作『三人吉三巴白浪』の大川端の三人吉三の出会いの場面です。何十倍という倍率の入試に合格したのは、こんな何点かの僥倖の故かと今も思っています。たった何点かの為に泣いた人があると思うと己の僥倖は疎かには出来ない。子育て中は仕事との両立に悩み、何度も仕事を辞職したいと思いましたが、私より優秀な方の席を奪って勉強させて戴いたと思うと弱音は出せませんでした。

学生時代は随分歌舞伎を見ました。ひと月の公演中十度以上も見ますので科白も常盤津も清元も諳じて、役者の台詞回しも比べました。六代目も吉右衛門も亡くなる前に観劇できましたが、私達の時は何と言っても「えびさま」で先々代の市川海老蔵の光源氏の美しかったこと、私のご贔屓は梅幸でしたが。

母も誘いましたが贔屓の役者が亡くなったのでつまらないともう観劇はしたがらず、先代勘三郎の『赤い陣羽織』がとても面白かったので母に勧めましたら「あんな大根」と言いながら見に行ったのが最後のようでした。

母逝きて遺品を整理していたら、羽左衛門や菊五郎の色褪せたプロマイドが数葉出て来ました。戦火の中の数少ない疎開荷物の中に若き日の思い出を忍び込ませていたのでしょう。母も私もミーハーこの上ない。

戦災前の母の本箱には戯曲全集が揃っていました。私は小学生の頃からそれらを読んで、鶴屋南北等の作品にも親しみました。女学校二年の時は予餞会で『伽羅先代萩（めいぼくせんだいはぎ）』の御殿の場を同学年の人達に呼びかけて上演しました。

私は自分の大学入試の経験から生徒達には何でも読んで覚えておくようにと勧めました。
高三の三学期は大学入試の為に生徒達は焦り、学校もさぼりがちになります。クラスによっては半数も出て来なかったり。ある時入試の後で生徒数人がきて「先生○大学の入試問題は先生が作られたの」と訊ねました。三学期最期の授業で教えた論説文と質問がそっくりそのまま出題されたとのこと。第一志望の大学に合格して彼等は大喜び。高三の二月三月はお休みになりますから、私も授業が無くなる年があり、何か読もうかと何人かの生徒と話して、入試に関係の無さそうな古典の作品を読みましたら「昨日の入試に一昨日読んだ文章が出ました」と報告に来た生徒がいて、何を読んでも入試と関係ない事はないのねと生徒達は驚いていました。

しがねえ恋の情が仇　命の綱の切れたのを　どう取りとめてか木更津から　めぐる月日も三年越し　江戸の親にゃ勘当受け　よんどころなく鎌倉の　谷七郷はくひつめても　面に受けたる看板の　疵がもっけの幸に　切られ与三と異名を取り　押借り強請も習をより　慣れた時代の源氏店　その白化けか黒塀の　格子作りの囲ひ者　死んだと思ったお富たァ　お釈迦様でも気がつくめえ　よくまァおぬしは達者でゐたなァ　蝙安（かうやす）　これじゃ一分じゃァ帰られめえ。

瀬川如皐作『与話情浮名横櫛』の（源氏店）

在職していた学校の国語科では、毎年春休みに一泊の宿泊研修をして一年間に取り扱った教材について、担当者が報告して議論し、来年度の教材を協議して決めました。夜を徹しての討論となります。こんな研修が出来るようになるには教師間の理解や連携が必要で実施するには何年かの月日を要しました。このような我が校の教師集団の取り組みは全国的にも有名になり、授業参観に来られました。ある年千葉県で研修会をした帰りに笠森観音に行こうと木更津で乗り換えました。木更津のホームに降りた途端「まだ木更津にいた時は其方も亭主のある体」と年配の方の何人かが「源氏店」の一節を口ずさみました。でも若い先生方は何の事か分からず顔。難関大学の入試を突破したお勉強家の方々が多いのにこんな事も知らないのかと失望しました。

都立高校の教員に強制移動が行われるようになると、研修会は消滅してしまいました。

今私は『青砥稿花紅彩画（あおとぞうしはなのにしきえ）』の稲瀬川勢揃いの場や『籠釣瓶花街酔醒（かごつるべさとのえいざめ）』等の科白を「問はれて名乗るもをこがましいが」等と言いながら、音楽的な美文の調べを楽しんでいます。

七　春のみなと　寂蓮法師

暮れてゆく春のみなとは知らねども霞に落つる宇治の柴舟　寂蓮法師

尾上柴舟（おのえさいしゅう）先生に初めてお目にかかりましたのは、東京女高師一年生の書道の授業の時でした。少し薄暗くなりかけた教室に入っていらしたお年を召した方を私ははじめ先生とは気が付きませんでした。仮名書きの名手として当代第一の大家・新古今和歌集の研究者としてまた歌人として有名な方。

つけ捨てし野火の煙のあかあかと見えゆく頃ぞ山は悲しき　尾上柴舟

という有名な歌の作者として私が思い描いていた方とは違っていらしたからです。そんな私の気持ちを察せられたのか「わたしも年を取ったものですね。この間中学校の教科書を見ましたら、「故尾上柴舟氏」と書いてありました」と冗談をおっしゃいました。

書道のお授業は厳しくてご批判の言葉も鋭く、悪筆の私は恐ろしくてとても作品を見ていただく勇気はありませんでした。単位の及第点さえ戴ければいいとばかりに直接のご指導をなるべく避けるようにした私は、その難関を切り抜けられるとほっとしました。

大学の時の新古今和歌集の授業は歌を知っていなければついていけないと聞いていましたので、

「古今和歌集を諳じ給ひける村上の御時の宣耀殿(せんようでん)の女御」よろしく、新古今和歌集の丸暗記をした覚えがあります。この授業は先生のご病気で中断となり、私達は先生の最後の学生となりました。「柴舟」の号は新古今和歌集のこの歌によるものかと一度お伺いしたいと思っていましたが、不肖の弟子は親しくお話を伺う機会もないままに過ぎてしまいました。

私が大学を卒業しました頃は、履歴書は半紙に毛筆で墨で書いていました。今のように履歴書用紙などはありません。悪戦苦闘をしている私を見かねて、母がお手本を書いてくれました。若い頃の母は高名な先生についてお習字のお稽古をしていましたので達筆でした。私はそれを手本に練習を重ねました。柴舟先生にどんなに酷評されても、もっと熱心に練習しておけばよかったと後悔しながら。

教員になった私が少し仕事に慣れ始めた頃、国語科の主任の方が「先生にお願いがあるのですが、習字の先生の授業時数が多いので少し受け持って頂けないでしょうか」とおっしゃいました。お習字を教えるなんてとんでもないと思いましたが、時間割をみるとお習字の先生は専門家とはいえ受け持ち時数二十八時間、私は新任としての配慮をして下さったのか十六時間です。この持ち時間の差には承知せざるをえませんでした。翌日お習字の先生が、この方は書道教室も開いておられる年配の方ですが「有り難うございます。実は校長から『今度いらっしゃる先生は字がお上手でさすが柴舟先生のお弟子さんだけある。お習字も受け持ってもらえる方だ』と、あなたの履歴書を拝見させて頂いていました」とはにかみながらおっしゃいました。「尾上先生のお弟子さん」は教員をしている間私についてまわりました。
苦手で自信のないことを教えるためには自身の勉強と努力が必要です。毎時間生徒の机の間を巡りながら懇切丁寧に指導しましたので、今度の先生は親切に教えて下さると煽てられて何年間か教えました。そうして気が付きました。一時間に五十人の生徒の字を三回直すと、私は同じ字を百五十回書くことになります。それが四クラスですから。こうして教えながら私は悪筆を少し矯正できました。

寂蓮法師のこの歌は本歌取りの歌で、本歌は古今和歌集秋下巻の紀貫之の次の歌です。

年ごとにもみぢ葉流す立田川みなとや秋のとまりなるらむ　　紀貫之

紀貫之には後撰和歌集巻十九羈旅歌に次のような歌もあります。

てる月の流るる見ればあまのがはいづるみなとは海にぞ有りける　　紀貫之

また千載和歌集春下巻には次のような崇徳院の歌があります。これも寂蓮の歌の本歌になっています。

花は根に鳥は古巣に帰るなり春のとまりを知る人ぞなき　　崇徳院

これらの歌には暮れ行く春を、過ぎゆく秋を惜しむ心がよくあらわれています。

凩の果はありけり海の音　　池西言水

琵琶湖畔での作ですが、「淡海の海」の名に因るものでしょう。木枯らしは後拾遺和歌集には秋の風として詠まれていますが、時代が下るに従って冬の風として詠まれます。この句ではもうはっきりと凩の果ては冬の湖の波の音と詠まれます。この句によって言水は「凩の言水」と言われています。

海に出て木枯らし帰るところなし　　山口誓子

池西言水の句を踏まえて詠まれたと思われるこの句の海は、もはや湖ではありません。この句は太平洋戦争の特攻隊員を詠んだ句と聞いています。戦争末期多くの若者が片道だけの燃料を積んだ飛行機で敵艦に体当たりするために基地を飛び立って行きました。

この一戦に　勝たざれば
祖国の行くて　いかならん
撃滅せよの　命うけし
神風特別攻撃隊
（「嗚呼神風特別攻撃隊」・二番）

六番まであるこの歌の歌詞を割愛するのは残念ですが、こうした歌に送られて出撃した若者たちは、敵艦に体当たりする前に敵機に撃ち落とされ、又敵艦の砲弾で無残にも海に散っていきました。また不備な飛行機で不時着した特攻機も多かったとも聞いています。

この特攻機の製作に携わった人達の中には多くの勤労動員の女学生たちがいました。彼女らがどんなに一生懸命仕事に励んだとしても熟練工ではありません。慣れぬ仕事ゆえにどんな飛行機が製作出来たでしょうか。その飛行機に乗せられて飛び立たされた若者達を考えると無残としか言いようがありません。海の出撃と言えば人間魚雷の出撃も忘れることはできません。入り口の戸は外から閉められて（内側からは開けることが出来ない）、一人で魚雷と共に海中深く出撃していった若者たちは今は何処の海に沈んでおられるのでしょうか。この人間魚雷の製作にも多くの勤労動員の少女が携わりました。

大分市の県立高女の生徒達の幾人かが横須賀市に人間魚雷桜花四三型の制造見習に行きました。空襲烈しき昭和二十年六月から終戦まで。この魚雷が木製であったことを後に知って驚きました。兵器は鉄で作られると思っていましたから。世田谷の団地で保育園作りしていた若い頃の仲間に幾十年か経て偶然新宿でお目にかかりました。そしてその方が大分から横須賀に桜花作りの勉強にきていらしたことを伺いました。

海の日やたましい還るところなし　　河村章

二〇一六年八月十五日の朝日俳壇に載っていましたから、これは東日本大震災の津波の大被害を詠まれたものと思われます。

八　旅宿を詠む句歌

宿かせと刀投出す雪吹哉　　与謝蕪村

この句を読んで皆様はどのような情景を思い浮かべられますでしょうか。

「先程からの吹雪はどんどん激しくなって、もはや一寸先も見えないような吹雪、あたりに人気はない。なんとか人気のある集落まで辿りつけないかと思って吹雪の中を歩いて来たが、もはやそれも無理。このままではこの雪の中で命果てるかと、にっちもさっちもいかなくなった侍一人。ふと、吹き付ける雪の向こうに仄かに灯りが見えたような。それを目当てにやっと辿り着いた村はずれの一軒家。

刀を投げ出すというのは侍の魂を投げ出すに等しいこと。侍としての面目も自尊心もかなぐり捨てた、精も根も尽き果てたあげくの行為。と共に押し込みや強盗ではないという意思表示でもあったのではなかろうか」この句を読んだ時に私はこう思いました。

昨年、大岡信氏が「折々のうた」にこの句を取り上げられて、解説は次のようでした。

「人通りもあまりないような片田舎の宿屋が目に浮かぶ。あいにく吹雪になってしまった。屈強な武士でもこんな時の一人旅はどれほど辛いことだろうか。きつく閉めてあった戸口だが『やれ嬉しや』と押し開けて入るなり『宿を貸してくれ』とだけ言って、いきなり腰の刀を投げ出し、へたりこむ。どうやら他に持ち物もないらしい。浪人だろうか。どんな素性の人物なのか」と。

この解説を読んで私は「？」と首を傾げます。

宿屋に泊まるなら刀を投げ出す必要はない。当時の多くの旅籠は追い込みで、相部屋に客は同宿という所が多かったので、現代のように「空室ありません」と断られることはあまりなかったことでしょう。大きな宿場や温泉地の逗留の大きな旅館は別としても、それにこの時代に片田舎に宿屋はあったのでしょうか。この解説では吹雪にあった侍の苦難は解りますが、吹雪の恐ろしさがあまり伝わりません。

題林集には「宿賃に刀投出す吹雪哉」と上五がなっています。これだと無一文の浪人が刀を宿賃の代わりに投げ出すような吹雪の烈しさの様子は伝わりますが、侍の行き暮れて切羽詰まった心情が伝わりませんので、冒頭の句のように改めたのでしょう。

宿かさぬ火影や雪の家つづき　　蕪村

蕪村にはこのような句もあります。この句にはよそ者に対する非情さと旅人の孤独な思いが詠まれていながら、火影・雪の降り積もった家並と一幅の絵のような趣があります。

苦しくも降りくる雨か三輪が崎佐野のわたりに家もあらなくに　　長忌寸奥麻呂

宿屋もなかったであろう『万葉集』の頃のこの歌には、雨に降られた旅人の難儀が詠まれています。

駒とめて袖うちはらふ陰もなし佐野のわたりの雪の夕暮れ　藤原定家朝臣

『万葉集』巻三の前歌を本歌取りして詠まれた『新古今和歌集』のこの歌には、絵のような美しさがありますが、定家が実際に体験した歌ではないでしょう。

ともあれ万葉の時代は勿論、それから更に時代の下った平安時代の末頃にも、個人が簡単に旅が出来るような旅宿はなかったのではないでしょうか。江戸時代になると東海道を中心として、各地方でも旅人の往来も盛んになりますが、それとても現代の旅行とは宿屋の状況が違います。『奥の細道』に於ける芭蕉の旅にも安易に宿屋に泊まった記述はあまり出て来ません。古典の作品を読むにはその時代の社会の状況を考える必要があると思います。

鳥羽殿へ五六騎いそぐ野分哉　蕪村

鳥羽殿は京都市伏見区の鳥羽にあった白河帝・鳥羽帝の離宮。政権が公家から武家へと移りゆく頃の、保元・平治の乱の頃の世相の慌ただしさを詠んだ句で、鳥羽殿と野分の取り合わせで、何事かが起こるのではないかという不安な思いと、当時の社会の騒然たる様子があらわれています。

西条八十の詩は、この句を維新前夜の鳥羽伏見の戦に置き換えて、冒頭の「宿かせ」の蕪村の句と併せて一編の物語詩に仕上げたものではないでしょうか。

その夜の侍

西条八十

宿借せと
縁に刀を投げ出した
吹雪の夜のお侍。

眉間にすごい
太刀傷の
血さへ乾かぬお侍。

口数きかず
大鼾
暁まで睡つて行きました。

鳥羽の戦の
済んだころ
伏見街道の一軒家。

その夜炉辺で
あそんでた
子供はぼくのお祖父さん。

吹雪する夜は
しみじみと
想ひだしては話します。

「うまく逃げたか、斬られたか。」
縁に刀を投げ出した
その夜の若いお侍。

学生の頃これらの句を読んだ時に、幼い頃聞いた西条八十のこの詩が思い出されて、八十の詩は、この蕪村の二つの句に拠ったものではないかと、新しい発見をしたようで嬉しかった覚えがあります。
私は蕪村の句が好きですが、ここでは王朝風な句と物語的な句を幾つか挙げてみます。

公達に狐化たり宵の春
行春や撰者をうらむ哥(うた)の主　（恨むは勅撰集の撰者のことをか、「恋すてふ」の話の場合は判者）
行春や同車の君のさざめ言
さしぬきを足でぬぐ夜や朧月
昼舟に狂女のせたり春の水　（隅田川の梅若伝説）
討はたす梵論(ぼろ)つれ立て夏野かな　（徒然草一一五段参照）
御手討の夫婦(めをと)なりしを更衣　（不義はお家の御法度）
秋風や酒肆(しゅし)に詩うたふ漁者樵者(ぎょしゃせうしゃ)　（漢詩。杜牧の江南春）
名月やうさぎのわたる諏訪の海　（風の強い夜湖の波の穂は白兎の跳ぶように見えました）
木曾殿の田に依然たる鹿驚(かかし)哉　（義仲は近江の深田で討たれた）
草枯て狐の飛脚通りけり　（童話を思わせて私の好きな句）

九　奥の細道の旅

先づ高館にのぼれば北上川南部より流るる大河なり。衣川は和泉が城をめぐりて高館の下にて大河に落ち入る。泰衡らが旧跡は衣が関を隔てて南部口をさし固め夷を防ぐと見えたり。さても義臣すぐって此の城にこもり功名一時のくさむらとなる。国破れて山河あり城春にして草青みたりと笠うち敷きて時の移るまで泪を落とし侍りぬ。

夏草や兵どもが夢の跡　　芭蕉

昭和二十五年、大学二年の夏休みでした。大学の演習で『奥の細道』をしていましたので、誰言うともなく相談してクラスの有志で「奥の細道」の旅にでました。戦後間もない頃とて学生の貧乏旅行に適当な宿泊施設も無く、高校の寄宿舎や保健室などをお借りしたりしての旅、当時は食糧事情もまだ悪くお米持参で、第一回目の奥の細道の旅では旅館に泊まったのは鳴子の宿だけでした。

松島の瑞巌寺に泊めて戴いた時は「女を泊めるのは開山以来初めて」とのことで、「女の髪は汚れているからよく洗うように」「汽車に乗っての旅では芭蕉の旅は分かるまい」等と、和尚さんから夜更けるまで長い長いお説教がありました。

中尊寺は昭和の長い戦争の為に修理も為されず、金色堂は「珠の扉風にやぶれ金の柱霜雪に朽ちて」の有り様さながら、それでも鎌倉時代に作られた覆堂の上に、昭和の戦時中に雨風を凌ぐ為に、応急措置として作られたという套堂（とうどう）が覆っていました。従って中もよく見えない真っ暗なお堂でした。私達はそれを「さやさや堂」と呼び、腰を二つに折り曲げるようにして暗いお堂の中を拝観しました。

その年三月、中尊寺藤原四代御遺体学術調査があり、調査団の中に私達の大学の生物の先生で、黴の研究家大槻教授が加わっておられましたので、中尊寺の住職佐々木実行師をご紹介頂きました。

佐々木住職の中尊寺への熱い熱意のこもるお話に感動し、師のような代々住職の思いが光堂を「頽廃虚空のくさむらと」せずに守ってこられたのだとの感を抱きました。

佐々木師のご案内で中尊寺内を参詣しました。その時その頃は開かれなかった宝物殿を特別に私達の為に開けて見学させて下さいました。真っ暗なお堂の中に明かりを点けられ、多くの仏像が浮かび上がった時に、私が思わず吸い寄せられたのは一字金輪仏坐像でした。

ほんのりと人肌の色のなだらかな肩の線、優美で麗しい一字金輪仏坐像を拝観して、その傍らを去り難い思いだった感激は今も忘れ難い。私の大好きな仏像です。

毛越寺に堂塔伽藍は無く、池の底には落葉が散り積り、寺域一面蓬生の叢になっており、その丈なす夏草をかき分けて、夏の日盛りに芭蕉の直筆と伝えられる「夏草や兵どもが夢の跡」の句碑を探したことも懐かしい。

それから後、何度平泉を訪ねたか、行く度に復元が進み美しくなり、学生時代に訪れた中尊寺も毛越寺も儚い夢の中の世界の如く。

高館で草の上に「笠」ならぬビニールの風呂敷（当時流行っていました）を敷き、時の移るのも忘れて源義経の生涯をその最期を偲びました。その時高館の下を流れる北上川の流れを見ながら次のようなことを思いました。

『奥の細道』には芭蕉が塩竈神社に詣でた時の、次のような文章があります。

神前に古き宝灯あり。かねの扉の面に「文治三年和泉三郎寄進」とあり。五百年来の俤、今日の前にうかびてそぞろに珍らし、かれは勇義忠孝の士なり。佳命今に至りてしたはずといふ事なし。誠に「人よく道を勤め義を守るべし。名もまた是にしたがふ」といへり。

と。和泉三郎とは藤原秀衡の子忠衡です。

兄頼朝に追われて奥州に逃れた義経の保護者だった秀衡が亡くなり、頼朝の謀略にかかって秀衡の嗣子の四代泰衡が高館に義経を急襲した時、その弟和泉三郎忠衡は父秀衡の心を守って義経を護るために義経に味方し、兄泰衡と戦い討ち死。文治五年。二十三歳。

平泉に着いた芭蕉が「先づ高舘にのぼ」ったのは、藤原三代の栄華の跡が見る影もない田野になっていたからばかりではあるまい。悲運の英雄義経の最期を思う切なる気持ちがあったためではなかろうか。

そのように考えると「先づ高舘にのぼれば」に続く「衣川は和泉が城をめぐりて高舘の下にて大河に落ち入る」の文は、単なる地形の説明をしただけの文ではないのではないか。

和泉が城の下を流れる衣川が高舘の下で北上川に合流している有り様に、最後まで義経を護って討ち死にした忠衡の誠ある心情を重ね合わせて、それを文に表したのではないかと、衣川を遠く望み北上川の流れを見つつ学生の私はその時思いました。かねてから和泉三郎忠衡を誠ある人と芭蕉が心に深く思っていたので、塩竈神社の宝灯に目を留め、忠衡を称揚したこの一文を塩竈明神で記し、高館の文章に繋げたものと私は考えました。

このように考えてくると、続く「泰衡らが旧跡は……南部口をさし固め夷を防ぐと見えたり」の文は、敵は夷が北の南部から来るばかりではなかったのだということを、暗に示している文と受け取れます。泰衡が攻め滅ぼされたのは鎌倉の頼朝によってですから。

『奥の細道』で平泉を訪れた芭蕉が「三代の栄耀一睡のうちにして」と記していますが、興亡常ならず、栄枯盛衰絶え間無いこの世。かつて栄えた平泉の文化も、一世の英雄と伝えられる義経の生涯も一時の夢。芭蕉のその思いが杜甫の詩「春望」に繋がり、「夏草や兵どもが夢の跡」に結晶したと思いました。

この旅の後も、卒業後も何人かの同級生と語らって、また夫と車で何回かにわたって私は「奥の細道」の旅を続け、達成しました。

その旅毎に『奥の細道』の文章にも句にも私なりの新しい発見があり、自分自身の解釈もありました。

学生時代の「奥の細道」の旅から何十年か経て、修学旅行の高校生を引率して東北に行きました。それまでの修学旅行は毎年京都・奈良と行く先は決まっていましたので、東北は初めてです。私は修学旅行の係でしたから、四百人を超す生徒達の旅を実りあるものにしたいと見学地を決めるために、何度も現地を訪れ実地踏査をしました。勿論私費です。

丁度授業で『奥の細道』をした後でしたが、荘厳に復元された光堂にも、美しく復元されつつある毛越寺にも生徒達はあまり感動せず。

高館に上った時、日は傾きかけていました。生徒達は北上川の流れを、遠くの衣川を、東稲山を見て「古典で勉強したら実地を見たいですね。これからもぜひ連れて行って下さい」と言い、感動して動かず。夕闇迫る高館に立ち尽くしていました。

その夜旅館で「復元の在り方や修復への疑問」について生徒達は議論していました。

陸奥の国に平泉に向ひてたはしねと申す山の侍るに異木は少なきやうに桜の限り見えて花の咲きたりけるを見て詠める

ききもせずたはしね山の桜花吉野の外にかかるべしとは　西行

十月十二日平泉に罷り着きたりけるに雪降り嵐激しく殊の外荒れたりけり。いつしか衣河見まほしくて罷りむかひて見けり。河の岸に着きて衣河の城しまはしたる事柄様変りて物を見る心地しけり。汀凍りて取り分き冴えければ

取り分きて心も凍みて冴えぞ渡る衣河見に来たるけふしも　　西行

西行の山家集に右の二首が載っています。西行の見た平泉には堂塔伽藍が豪華絢爛として存在していたものと思われます。西行の奥州下向は歌を詠む風雅な旅ではなく、特別な任務の為と伝えられていますが、『奥の細道』には芭蕉が西行の旅の跡を慕っての思いが散見しますから、実際に平泉の地に立って見るその地の荒廃ぶりに、芭蕉は胸打たれたものと思われます。戦乱の世の後の江戸時代に芭蕉の見た平泉と、昭和の長い戦いの為に修理もせず打ち捨てられていた平泉を見た私は、時を隔てて図らずも同じ思いを抱けたと思いますと、食糧事情も悪かったあの時代に、無謀にも「奥の細道」の旅を敢行したのは幸せだったと今にしてしみじみ思います。

その夜私は生徒達に、奈良のお寺の創建当時の伽藍も造られた当時の仏像も豪華絢爛にきらきらしかった。堂塔は風雨にさらされて色褪せ、仏像の金箔も唇の朱も年月と共に剥げ落ちてしまった。現在の私達は古びてしまったものに郷愁を感じているのではないか。

かつて私は京都の浄瑠璃寺の古びた三重塔を、池畔から眺めて感動した。何年か経て生徒を引率して行った時に塔は朱色に塗られていて失望した事があった等と話しました。

若くして高館にて最期を遂げた（時に三十一歳と伝えられる）義経への人々の思いは、義経主従は高館を脱出して、津軽から北海道へ更にもっと北へと落ち延びたという様々な伝説を生みました。その最たるものが大正末期の頃刊行された『成吉思汗ハ源義経也』です。その後には成吉思汗と義経とでは、生きた時代が一世紀違うという説の本も出ました。

北海道や東北各地には義経・弁慶にまつわる伝説の地が多くあり、私が襟裳岬から苫小牧へ車で通る途中にも義経神社がありました。積丹半島や雷電海岸には弁慶伝説が多く、弁慶の刀掛け岩や弁慶岬等がありました。

昭和五十年頃に津軽半島を旅した時、三厩（みんまや）という所を通りました。三厩は義経が北海道に渡る際海の荒れを鎮めるため祈願したところ、三日目に白髪の老人が現れて三匹の馬を与うと告げられ、義経主従は馬上に波をかき分けて蝦夷地に渡ったと伝えられ、三厩の地名はこれに因んだと伝えられています。

三厩の高台に義経寺があります。そのお寺の本堂に、軍服姿の沢山な写真が祀ってありました。日清日露から昭和の戦争までの戦死者の写真との住職のお話。この北の海辺の村から百二十名もの戦死者がおられたと伺って、その陰には如何に多くの父母や子や妻や兄弟の悲しみ嘆きがあったかと胸を衝かれました。

あれから何十年。この文を書くに当って義経寺にお電話して確かめましたら「お写真は今もお飾りしています。悲惨な戦争を二度と起こさないように回避したいとの思いを伝えたい。若くして戦争で亡くなられた方の思いを次代にも伝えたいとの思いです。戦争は全国の人々を巻き込み、全国で悲劇が起きました。それを伝えていきたいと思ってお祀りしています」と若い住職は語られました。

十　和泉式部の歌

心地例ならず侍りけるころ、人のもとにつかはしける
あらざらむこのよのほかの思ひ出に今ひとたびの逢ふこともがな　　和泉式部

百人一首の中のこの歌が幼い頃どういうわけか気に入りました。勿論意味は全く分りませんでしたが。三歳の頃の孫が紫式部の歌がお気に入りで「めぐりあひて」と読むと「ムラチャキチキブ」と言って真っ先に取札を取り、今に至るまで十八番にしているのを見ると、幼きは幼きなりに何か感ずる所があるのだと思います。

暗きより暗き道にぞ入りぬべきはるかに照らせ山の端の月
物思へば沢のほたるもわが身よりあくがれ出づるたまかとぞ見る
つれづれと空ぞ見らるる思ふ人あまくだり来むものならなくに
黒髪のみだれもしらずうちふせばまづかきやりし人ぞ恋しき
うらやましけふをちぎれる七夕やいつともしらぬ人もある世に

ともかくもいはばなべてになりぬべしねに泣きてこそ見せまほしけれ
くれぬなりいくかはかくて過ぎぬらむ入相の鐘のつくづくとして
世の中に苦しきことはこぬ人をさりともとのみ待つにぞありける
すてはてむと思ふさへこそかなしけれ君になれにし我が身と思へば
人は行き霧はまがきに立ちどまりさもなか空にながめつるかな

右に人々によく知られている和泉式部の歌をあげました。多く知られているのは恋の歌で、従って和泉式部は恋多き歌人と言われています。待つ身の歎きの歌が多いのですが。

「暗きより」は式部が己の煩悩を悟り、播磨の書写山の性空上人に結縁を求めた作として有名です。書写山円教寺は今も静寂な雰囲気につつまれたゆかしいお寺です。

「物思へば」には「男に忘れられて侍りける頃、貴船に参りて御手洗川に蛍の飛び侍りけるを見てよめりける」と詞書があります。歌集にはこの歌に対しての貴船明神の返歌が載っています。


奥山にたぎりて落つる瀧つ瀬の玉散るばかりものな思ひそ

歌の力を示すものとして後人が付け加えたものと思われます。

歌の上手な詠み手としての和泉式部の評判は、後世に伝説化され多くの伝説が各地に言い伝えられています。近年の戯曲「かさぶた式部考」（秋元松代作）もそうした和泉式部に纏わる伝説によっています。

さて和泉式部の「人は行き」の歌。この後朝(きぬぎぬ)の別れの歌の美しいこと。紫式部はその日記に和泉式部のことを「はづかしげの歌よみやとはおぼえはべらず」と書いていますが、その著『源氏物語』夕霧の巻に「霧のまがきは立ちどまるべうもあらず」と書いていますのは、この歌の引用にやあらむかと。

いかにせむいかにかすべき世の中をそむけばかなし住めばすみうし

万葉集の山上憶良の歌を思わせる歌。

世の中をうしとやさしと思へども飛び立ちかねつ鳥にしあらねば　山上憶良

また夏目漱石の「草枕」の冒頭の一節の「とかく人の世は住みにくい」もこのような先行文学を学んでいるものと思われます。

紫式部日記には和泉式部のことを「ものおぼえ、うたのことわり、まことの歌よみざまにこそはべらざめれ、口にまかせたる……」と書かれていますが、和泉式部歌集には「人のもとより『万葉集しばし』とあるを」「なし、かきのもととめず」という詞書がありますし、また歌集にある

いとどしく今はかぎりのみくまのの浦のはまゆふいくへなるらむ

は万葉集の柿本人麻呂の

み熊野の浦の濱木綿（はまゆう）百重（ももへ）なす心は思へどただにあはぬかも

を引き歌としているものでしょう。

「口にまかせたる」と言われる和泉式部も古歌を学んでいるようです。さて平安時代の人々の読んだ万葉集は如何なる文字で書かれていたのでしょうか。

待つ人のいまもきたらばいかにせむ踏ままくをしき庭の雪かな

秋ふくはいかなる色の風なれば見にしむばかりあはれなるらむ

和泉式部には美しい歌が多くあります。恋多き情熱的な歌人と世の人に思われていますが、「待つ人」に降り積もった雪の美しさを乱されたくないと詠まれているのを読みますと美的鑑賞眼も備えた歌詠み人と思います。

二首目の「秋」は「秋と飽き」との掛け詞となっています。彼女の恋の歌には常に恋の行く末をみつめる覚めた眼があって、寂しみ・諦観を湛えているように私には思われます。卒論に和泉式部を専攻したのもそんな思いからでした。

卒論を書いていた若き日、式部の年齢推定に悩んだ思い出があります。最初の夫和泉守橘道貞の歳に彼女の年齢を近付けると、後年の若き恋人帥の宮との年齢が離れすぎるし、帥の宮との年齢を恋人らしく近付けると道貞との歳が離れ過ぎるしと。

歳たけて世間を見る目も積んだ今、世の中には年齢の差のあるご夫婦、男性か女性かどちらかの歳が非常に離れて年かさな関係の方々のおられる事も知ると世の中の事は何でもありで、和泉式部の年齢推定に悩んで書斎に何日もうちふしていた若き日の己の若さが愛おしいように思い出されます。

世の中に憂き身はなくてをしと思ふ人の命をとどめましかば
みな人をおなじ心になしはてておもふおもはぬなからましかば
いづれをか世になかれとはおもふべき忘るる人とわすらるる身と
なき人をなくて恋ひむとありながらあひみざらむといづれまされり
おもへどもよそなる中とかつみつつおもはぬ中といづれまされり
はやき瀬と水のながれと人の世ととまらむことはいづれまされり

古の人も同じ心と思われる歌歌、もっともな思いと読まれます。
「なき人の」には「いつまで待っても来ぬ人と死んだ人とは同じ事」という歌謡曲の一節が思われます。
「水の流れと人の世と」は清少納言の「枕草子」にも似たような事が書かれています。

近頃身辺整理をしています。書斎の隅から書きかけの論文の草稿が出て来ました。その中に和泉式部歌集の赤い表紙の古本（神保町の古書店で買った）が入っていました。あの頃は新しい本も無い世の中でした。

学生の頃私は教授のお口添えである大学の「中古文学研究会」の輪読会に出席して「紫式部日記」などを読んでいました。卒業して教員になってからも校長の御配慮で引き続き出席して勉強するかたわら、平安時代の女流歌人の私歌集の研究をしていました。

私の書棚に長い間眠ったままになっている『和泉式部歌集』（岩波文庫・昭和三十一年三月五日・第一刷）を開くと○印や書き込みが沢山してあるので、暫くは研究に打ち込んでいたものと思われます。

今改めて歌集を読んでみると、若かった頃には気にも留めなかった歌歌が目につき、心に沁み入ります。

かへらぬはよはひなりけり年のうちにいかなる花かふたたびは咲く
たちのぼる煙につけて思ふかないつまた我を人のかくせむ
過ぎゆきを月日とのみも思ふかな今日ともおのが身をば知らずて
夕ぐれはものぞかなしきかねの音をあすも聞くべき身とししらねば
秋までの命も知らず春の野に萩のふるねを焼きとやくかな

平安時代の人々は現代人と比べると道心が深く、世の無常を思う心が深かったと思いますので、必ずしも年老いてからでなく若くしてもこのような歌を詠んだのでしょう。

私が何時とはなしに何時からか研究をやめてしまったのは、仕事と育児の両立や保育園作り等の働く女性の為の環境作りに時間を取られたせいもありますが、高校生に授業で現代詩や科学の論文・現代小説等を教えていると、夜遅くに平安文学の歌の世界に気持ちが入らなくなったのが挫折の一番の原因ではなかったかと思います。高校の授業ではとうとう一度も和泉式部の歌を教える機会はありませんでした。古典の授業では毎年百人一首を教えましたので、その時僅かに平安時代の和歌を取り上げるくらいでしたから。

和泉式部は中宮彰子に仕えた後、年上の藤原保昌の妻となり、丹後守となった夫と共に丹後の外へ下っています。娘の小式部内侍は彰子のもとに預けて行きましたので、かの有名な小式部内侍の「大江山生野の道の」の歌が生まれました。

天橋立に式部の歌碑がありますが、その歌は式部集には載っていません。式部の歌碑はあちこちにあります。その伝説に従って作られたものも多いと思われます。

歌集に残された、娘小式部内侍に先立たれた式部の小式部内侍への嘆きの挽歌、若き恋人帥の宮の逝去への挽歌の哀切さ、痛切な思いはそくそくと胸に迫ります。

十一　北歸行

宇田　博

旧制旅順高等学校寮歌

一　窓は夜露にぬれて　都すでに遠のく
　　北へ帰る旅人ひとり　涙流れてやまず

二　建大　一高　旅高　追われ闇を旅ゆく
　　汲めども酔わぬ恨みの苦杯　嗟嘆干すに由なし

三　富も名誉も恋も　遠きあくがれの日ぞ
　　淡き望み儚き心　恩愛我を去りぬ

四　我が身容るるに狭き国を去らんとすれば
　　せめて名残の花の小枝尽きぬ未練の色か

五　今は黙してゆかん　何をまた語るべき
　　さらば祖国我が故郷よ明日は異郷の旅路

私が学生の頃、旧制旅順高校に在学されたという東大生が教えて下さった歌。

旅順高校は昭和十五年（紀元二千六百年）に開校した一番新しい旧制高校で、昭和二十年日本の敗戦と共に閉校というたった五年の学校でした。教えて下さった学生さんにとっては今は心の故郷だったのでしょう。

作者の宇田氏は満州にあった建国大学予科に入学し退学となり、昭和十六年に旅順高校に入学。けれども新しい高校は内地の高校と異なり生徒規則も厳しかったようで二年の時に校則違反で退学。奉天の家に帰られる時にこの歌を作られたと聞きました。その後旧制一高から東大を卒業されて、民放テレビの重役をされました。


この歌を歌いながらこの稿を書いていた当時、ウチノダンナが「中学（旧制）の時に応援歌で歌った」とノタマッタのでビックリ。旅高でこの歌が作られてから一年足らずの間で遠く内地の長野の中学校で歌われたとは。電波にのらない歌の伝播の速い事。部によって歌詞が違ったとの事ですから曲に合わせて歌詞は勝手に作ったのでしょう。宇田氏が一高（旧制）を受験すべく勉強しておられた窓の外をこの歌を歌いながら学生が通ったとも聞きました。

敗戦後、旧制旅順高校の生徒達は日本各地に引き揚げ、各地の学校で歌われた事でしょう。

こうしてこの歌は作詞者も作曲者も何処の歌かも知られずに広く人々の間で歌い継がれました。古い昔の日本の歌もこのような形で各地に広がったと想像されます。「松山兄妹心中」のような歌も説教節も同様に。因みに私は万葉集の歌の多くもまたと思います。
日本各地で歌われたこの歌は作者不詳のままに、歌詞の一番はそのままに二番と三番を変えて、昭和三十六年頃映画の主題歌として歌われ全国に流行りました。

二　夢は空しく消えて
今日も闇をさすらう
遠き想いはかなき望み
恩愛我を去りぬ

三　今は黙してゆかん
何をまた語るべき
さらば祖国　いとしき人よ
明日はいずこの町か

作詞作曲は宇田博氏となっていますが、宇田氏と親しい私の女学校時代の友人にこの歌で疑問に思っている事を伺いたいとお話すると「喜んでご紹介するわ」と仰ったのですが、私がぐずぐずしている中に宇田氏は故人となられました。宇田氏は歌詞のかわったこの「北帰行」がお好きで、この歌に送られたご葬儀だったと伺いました。

戦後の流行歌には戦争の影が多くあるように思います。戦時中の「朝日ににおう桜」は「色褪せた桜ただ一つ淋しく咲いていた。」なんて歌われなかったでしょうし、「あなたと別れたあの夜は港が暗い夜」は灯火管制下に征く人を送り、「あなたを想うて来る丘」は征きて還らぬ恋人を思う歌と私には思われる「港が見える丘」。想いながらも口に出せないまま出征し、帰還したら想い人は既に結婚していたという若者を思わせる「湯の町エレジー」。私はそんな物語を思い浮かべながらこれらの歌を聞きました。

昭和二十八年にラジオ歌謡として放送された「雪の降るまちを」（作曲中田喜直）を私は太平洋戦争で心も体も傷ついた戦後の日本の人々への鎮魂歌ではないかと思いつつ聞きました。

雪の降るまちを　作詞　内村直也

雪の降るまちを　雪の降るまちを
想い出だけが　通りすぎて行く
雪の降るまちを
遠いくにから落ちてくる
この想い出を　この想い出を
いつの日か包まん
あたたかき幸せのほほえみ

心に沁み入る愛唱歌の二番三番は割愛。

空襲下さよならも言えず別れた友達。戦災で焼けてしまった少女の頃までの思い出の品々。戦前の我が家の暮らし。美しい洋服も小説も絵も音楽もなく楽しかるべき思春期もなかった二度と返りこぬ日々。七十年経た今もまだ続く私の戦後。

十二　佐佐木信綱の歌

ゆく秋の大和の国の薬師寺の塔の上なる一ひらの雲　　佐佐木信綱
大門のいしずゑ苔に埋もれて七堂伽藍ただ秋の風　　同
幼きは幼きどちのものがたり葡萄のかげに月かたぶきぬ　　同

初めて薬師寺を拝観した時、堂守りのお婆さんが一人で拝観料を受け取りお寺の説明をして下さった。昭和二十六年の秋でしたがお坊様方は復員されたばかりでまだお寺には戻られず他に拝観者もおらず、薬師三尊像は暗いお堂の中に鎮座しておられ直ぐ傍で拝観。広い境内に三重塔の東塔がぽつんと晴れた秋空に立ち、それを見上げながら「塔の上なる一ひらの雲」と口ずさみ、西塔の礎石の窪みの水たまりに映る東塔の相輪を眺めて「凍れる音楽」等と言った大学の研修旅行でした。

数年後に修学旅行の生徒を引率して行きました時に説明して下さったお坊様は声も説明の仕方も素晴らしく生徒全員がお話に聞き入りました。あまりお上手なのでお名前を伺いました。高田好胤師でした。後年テレビの番組で「私はもともと一介の案内坊主上りで」と仰っておられるのを伺い懐かしかった。

唐招提寺も堂守のお婆さん一人。固く閉じた金堂の扉を開けられた時に扉の軋む音が妙なる音色で「天平の音」と言って聞き入りましたら堂守さんはゆっくりと扉を開けて下さいました。扉の外に並ぶエンタシスの大きな太い木の柱の間を行き来し私はこのお寺に魅せられました。私は唐招提寺が大好きです。

夕方興福寺の五重塔の下を数人で散策していましたら丁度塔守の小父さんが五階の窓を閉めに行かれる所でした。私達も上らせて欲しいと言いましたら、「いいよ。真っ暗なので気を付けて」との事。塔の中は本当に真っ暗闇。その中に垂直に架かっている梯子のような竹の階段を手探り足探り、頭や手を前の人の足で踏まれたりしながら、ましらのように上る小父さんについて必死で上りました。五重塔の最上階から眺める景色は素晴しく塔の下を歩いている人は蟻の様。降りると疲れてくたくた。「今迄にこの塔に上った人はいないよ。これからも上らせないだろうし。さすがに女の学生さんは熱心だね」とお褒めのお言葉。可愛いギャルだったのね私達は。

同じ年の夏に奥の細道の旅をした時に訪れた毛越寺（もうつうじ）は夏草深く生い茂り大泉ガ池は落葉が落ち積り、私達は丈なす夏草を掻き分けて芭蕉直筆と聞く「夏草や」の句碑を探しました。その後訪れる度に薬師寺も毛越寺も美しく復元されていきかつての私の見た景色は幻。

長々と回顧談を書きましたのは、芭蕉の頃以前から何百年、両寺とも信綱氏の歌のような様子だったと思われます。それなのに私は須臾の如き私の人生の中で、この歌のような風景と昔を今にした姿にと会いました。

今後は信綱氏の詠まれたような歌は詠まれないでしょう。これらの歌には古への郷愁と「ほろびしものは」の心も含まれていると思います。私はこれらの歌が好きです。

「幼きどちのものがたり」は可愛らしい童画の世界のようで好きな歌。しかしこの歳になって読むと、永遠に時間が続くように思われた幼き日々もその時には大切に語り合った事も人生も、須臾の間に「月かたぶきぬ」と思われるのです。人生への郷愁の歌かとも。

葛の花　踏みしだかれて、色あたらし　この山道を行きし人あり　釈迢空(しゃくちょうくう)

ゆきつきて　道にたふるる生き物のかそけき墓は、草つつみたり　同

たたかひに果てにし子ゆゑ　身に沁みて　ことしの桜　あはれ　散りゆく　同

渋谷から玉電で一つ目の坂の上の駅の近くに飛騨白川郷から移築した合掌造りの家が建ちました。利便性優先の社会からは私の乳幼児の頃住んだ越中五箇山の懐かしい家々も失われしまうのかと寂しい思いで見ました。

其処は庶民的な料理屋で勤務校に近いので学年会をしました。入口を入ると大きな暖簾に「このや

まみちをゆきしひとあり」と染め抜いてありました。「この上の句を知っている人にビールかお銚子一本サービスして下さるって。進士先生わかる」と。即座に上の句と作者名を言うと幹事が「さすが」と店主を呼んで告げられ、ご店主は私に「お若いのに」と感心されて特別に全員にサービス一本ずつ。釈迢空に私淑されていた方かしら。

白川郷も越中五箇山の合掌集落も世界遺産として形だけは保存されました。けれど市中を豊かな清流が流れていた越前武生市の川は、紫式部公園を訪れた時には消えて、美しい街の風情は失われかつての趣を惜しみました。「町のみんなは後悔しています」と運転手さん。

私がこれから越えて行こうとする学問の世界にも、すぐ前を行った先達がいるのだという作者の感慨とも、この細い山道の奥にも人の暮らしがあるのかとも、はたまたいかなる生業の人がこの険しい山道を越えて行ったのだろうかとも、人々の暮らしに目を注がれる民俗学者折口信夫（釈迢空）の面影が思われます。

昔から人も馬も旅を続けて来てその途次に斃(たお)れ、道の辺に作られた小さい塚、ささやかな供養塔も馬頭観音も何時しか草に覆われ忘れ去られてしまう。人の世とはそんな連続。

次『倭(やまと)をぐな』の『竟(つい)に還らず』の一首。

迢空は弟子藤井春洋を養子にします。その最愛の弟子折口春洋は昭和二十年硫黄島の玉砕で戦死。

能登一宮の気多神社の傍の丘に折口信夫父子墓があり、墓碑には「もっとも苦しきたたかひに最もくるしみ死にたるむかしの陸軍中尉折口春洋とその父信夫の墓」とあります。そこに立って海を望むと、遙かな海の上を渡って父と子の魂が相寄っているように思われます。『倭をぐな』には春洋の戦死を悼んだ歌が多い。

またひとり顔なき男あらはれて暗き踊りの輪をひろげゆく　　岡野弘彦
昏の熱くなるまで一本の煙草分かちし彼も死にたり　　同

折口信夫に師事しその最期を看取った岡野弘彦氏。氏の同世代の多くの人々は太平洋戦争で亡くなりました。この歌には戦没者への鎮魂の思いがあります。盆踊りの輪の中に入ってくる戦死した顔無き多くの男たち。私はこの歌に柳田國男著「清光館哀史」の東北の小さな漁村の小子内の女達だけの盆踊りを思い浮かべます。漁に出たまま帰り来ぬ男を想いつつ女達だけで踊る静かな盆踊り。岡野氏はこの小子内の女達の盆踊りに、戦いから還り来ぬ男たちを想いながら踊る人達の盆踊りを重ねられたものと思います。

あの海辺の小子内の漁村は二〇一一・三・一一の大津波でどの様な被害に遭われたかと私は今も心に深く思っています。

炊き出しの列の後ろに風立ちて並べぬまぼろし長く続きぬ　　須藤徹郎

朝日歌壇に載っていた東日本大震災に遭われた方の歌。岡野氏の作品をよく読まれ、その盆踊りの歌を引き歌とされた作でしょう。

「一本の煙草」の歌には、悲しい軍歌「戦友」の一節「それより後は一本の煙草も二人分けてのみ」がひびきます。

十三　近代の歌人から

牡丹花は咲き定まりて静かなり花の占めたる位置のたしかさ　　木下利玄

曼珠沙華一むら燃えて秋陽つよしそこ過ぎてゐるしづかなる径　　同

舂（うすづ）ける彼岸秋陽に狐ばな赤々そまれりここはどこのみち　　同

豪華な牡丹の花は今満開。その咲き切った花もその辺りも静謐な雰囲気を保っている。能舞台の一場面を見るような趣があります。下の句に花自体の自ずからの居場所を心得た静かな心が思われます。自らの華麗さを驕らず。誇らず。しんと保っている静けさ。

その若い頃に歌舞伎の劇評家志望だったという母が、あの役者は車輪になるから嫌だと言っていたのを思い出しました。

曼珠沙華群れ咲く所を過ぎていく道は何処へ通じて居るのでしょうか。黄泉への道か。

曼珠沙華咲く野の日暮れは何がなしに狐が出るとおもふ大人の今も　　同

この曼珠沙華の歌の一連も私は好きです。

向日葵は金の油を身にあびてゆらりと高し日のちひささよ　前田夕暮
マチすりて淋しき心なぐさめぬ慰めかねし秋のたそがれ　同
雪の上に春の木の花散り匂ふすがしきにあらむわが死顔は　同

西洋の油彩画を思わせます。「ゆらりと高し」には大きな花を支える茎のやや不安定さが感じられますがそれでいて悠然としている姿。太陽さえも小さく見えると言う花の大きさに歌人の意志が感じられます。この歌はゴッホの「ひまわり」の絵を見ての作と後年知りました。

「マチすりて」に寺山修司は先達の歌集をよく読みこんでいると脱帽しました。

『遺歌集』にある歌。死を予測されていたのかその死は春の木の花散る四月。西行の歌が思われます。私もすがしく静かな最期をと願いますが雑念多き身はどうなりますやら。

鉦鳴らし信濃の国を行き行かばありしながらの母見るらむか　窪田空穂
大海の底に沈みて静かにも耳澄ましゐる貝のあるべし　同
はらはらと黄の冬ばらの崩れ去るかりそめならぬことの如くに　同

空穂の母は数え年六十で亡くなったとのこと。空穂は母が四十歳を過ぎて産んだ子ですからその時空穂は二十歳位。母恋の歌。

空穂に貝の歌や詩が多いのは、海への憧れの故かしら。私は日本国中の海岸線や欧州諸国・北欧・モロッコ等を旅してその途次海辺で石を拾いました。海岸で石を拾っていると何がなし心が静かになります。珍しい貝が有ると嬉しく。石もそれに混じる巻貝も場所により異なり地学を学んだ身には楽しかった。

薔薇の花の散るのを「かりそめならぬ」と見た所に注目。そこに薔薇自身のまた自然の大きな意志が感じられます。

いつぽんの杭にしるせる友が名のそれも消ゆるか潮風の中に　　土岐善麿
遺棄死体数百といひ数千といふいのちをふたつもちしものなし　　同
あなたは勝つものとおもつてゐましたかと老いたる妻のさびしげにいふ　　同

函館の立待岬にある石川啄木の墓。私の訪れました時は、立待岬に通じる細い道の辺に杭ではなく小さい石の啄木のお墓がありました。そこに立って函館を詠んだ啄木の歌を口ずさみました。流行歌の「立待岬」を聞くと何故か啄木のお墓が目に浮かびます。

土岐善麿は戦意高揚の歌を多く詠んでいますから、これは珍しい作。国を挙げての聖戦体制の当時この歌は多くの国粋者達から非難を浴びたと聞きました。しかし「いのちをふたつもちしものなし」と詠まねばいられなかった作者の心に打たれます。

戦時中の時流に乗じた己の作品への悔悟の思いを、妻の言葉に託して自省して詠まれたのでしょう。

りんてん機、今こそ響け。
　うれしくも、
東京版に、雪のふりいづ。　　　同

初期にはこのような三行書きやローマ字書きの歌集もあります。
私の弟の通学していた区立中学の校長は土岐氏に師事しておられたのかローマ字教育普及推進者で、弟の中学在学時の賞状も修了証書もすべてローマ字で表記してあります。

小工場に酸素溶接のひらめき立ち砂町四十町夜ならむとす　　土屋文明
終りなき時に入らむに束の間の後前ありや有りてかなしむ　　同
さまざまの七十年すごし今は見る最もうつくしき汝を柩に　　同

土屋文明の経歴しか知らなかった私にとっては意外な思いで読んだ歌です。都会の底辺の地域に住んでそこで日夜夜おそくまで働く人々の生活に心寄り添って歌った作品は、自ずから社会批判となっているように思います。

人の死は誰にもおとずれるもの。だから少しばかり先でも後でも同じではないかとは思えども、それでも遅れた身には寂しい。妻の逝去にあたっての作者の思い。次の作品も含めた妻への挽歌。この挽歌群を読むとこれは妻への相聞歌ではないかと思います。長年連れ添った人からこのような挽歌が贈られた人はいいなあとしみじみ思います。

ひたひ髪吹き分けられて朝風にもの言ひむせぶ子は稚なし　五島美代子
二人の子生命またけく生き継がばわれらはわれらの時代に死ぬべし　同
亡き子来て袖ひるがへしこぐとおもふ月白き夜の庭のブランコ　同

大学の掲示板に「五島ひとみ氏が急逝されました」とのお知らせと追悼の詞が貼りだされてありました。風の寒い日だったことが今でも思い出されます。私とは東京女高師では入れ違いでひとみ氏にお目にかかったことはありませんでしたが、上級生の中には親しかった方もおられたことでしょう。卒業後は東大（旧制）に進学され在学中でした。どのような悩みがお有りだったのでしょうか。

五島美代子は母の歌を多く詠みました。
「もの言ひむせぶ」と幼い子の様子を細かく客観的に描写しているのが素晴らしい。

みどり子にまなく時なき片おもひ　母はかなしきものなりしかも　同

「生命またけく」と期待して育てられたのに子は子で成長の花開く前に可惜若きご逝去。

亡き魂のかへるよりどとなりえざる身となりはてて夢にもあはず　　五島茂

父君もまた痛切な歌を詠んでおられます。

どなたも御存じの歌を前回と今回書きましたのは、私もそして母達もまた直接授業をお受けしたり、私が高校の現代国語で教えて近しく思っている歌人達の歌は、もはや古典ではないかとふと思ったからです。岡野弘彦氏の歌は別として。けれども岡野氏のその戦争体験の歌すら分らない世になりつつあるのを恐れてあえて取り上げました。忘るまじ。

十四　小野小町の歌

思ひつつ寝ればや人の見えつらむ夢と知りせば覚めざらましを　(五五二)　小野小町
うたた寝に恋しき人を見てしより夢てふものは頼みそめてき　(五五三)　同
いとせめて恋しきときはうばたまの夜の衣を返してぞ着る　(五五四)　同
うつつにはさもこそあらめ夢にさへ人目をよくと見るがわびしさ　(六五六)　同
限りなき思ひのままに夜もこむ夢路をさへに人はとがめじ　(六五七)　同
夢路には足もやすめず通へどもうつつに一目見しごとはあらず　(六五八)　同

『古今和歌集』にはこのような小野小町の夢の歌が載っています。
「夢」には自分がその人を思って寝るとその人が自分の夢に現れるという俗説と、相手が自分を思ってくれているとその人が自分の夢に現れるという俗説と二つの説があります。

駿河なる宇津の山べのうつつにも夢にも人にあはぬなりけり　伊勢物語

『伊勢物語』「東下り」の段の在原業平の歌と伝えられるこの歌は後者で、「夢の中でもあなたにお会いしませんでしたが」（あなたはもう私を思っていては下さらないのでしょうか）と解されます。

小町の五五二の歌は従来「あの人を心の中で思い思いして寝たので、あの方が夢に現れていらしたのでしょう」（夢ならば覚めずにせめてずっと会い続けていたかったのに）と恋しい人を思う女心の切なさを詠んだ歌として前者のように解釈されています。

でも私は「あの人を思い思いして寝たところが、あの方が夢に現れていらした」（あの方も私を恋しいと思って下さっているのでしょうか）と解されないかなと思うのです。そう解すると「あの方が私の夢に現れるほど、私を思って下さる夢ならば目覚めないで欲しかったのに」と相手の自分への恋心を信じたい思いの歌と思われるのですが。無理かな。

五五三は「仮寝の夢に恋しいあの方を見てからは、今までは思いつつ寝れば夢にその人が現れるということを信じなかったのに信じるようになった」と従来解釈されています。でも私は「仮寝の夢にさへあの方がお見えになった。あの方はいつも私を思って下さるのだと思うと、夢も頼もしく思い始めた」と解されるように思うのですが。二首とも後者の俗説のように解することができないかと。

五五四の「夜の衣を返してぞ着る」は、夜の衣を裏返して着て寝ると、恋しい人を夢に見ることが出来るという俗信が万葉集の頃から伝えられていて、せめて夢の中でも恋しい人に会いたいという思いが詠まれています。

直に逢はずあるはことわり夢にだに何しか人に言の繁けむ　（万葉集　二八四八）

住の江の岸に寄る波よるさへや夢の通ひ路人目よくらむ　（古今集　藤原敏行朝臣）

六五六の「夢にさへ人目をよく」には、先行に万葉集の、後には古今集藤原敏行朝臣の歌の右歌のような例があります。

夢にさへ逢うことを忍ぶ、小町の忍ぶ恋の相手とはどのような御方だったのでしょうか。

「小野小町か楊貴妃かクレオパトラか」と我が国では小野小町は世界の三大美人の一人に挙げられています。

『古今和歌集』の仮名序には小野小町を

「小野小町は、古の衣通姫（そとおりひめ）の流なり。あはれなるやうにてつよからず。いはば、よき女のなやめるところあるに似たり。つよからぬは女の歌なればなるべし」

と小町の歌を挙げて歌について評しています。

「よき女のなやめるところ」とは小町の歌についての評です。それを衣通姫の歌を譬えにした所から、小町自身をすぐれた美貌の美女というようにすり替わったのだと思います。よき女とは高貴な女性という意味ですが、後世その意味は忘れられて「よき女＝いい女＝美女」と解釈されたのではないでしょうか。

衣通姫は『古事記』によると允恭（いんぎょう）天皇の皇女で同母兄軽太子と愛しあった罪で二人とも罪せられた軽大郎女（かるのおほいらつめ）で、その美しき肌の光は衣を透して輝いた美人と伝えられています。『日本書紀』によると衣通姫は允恭天皇の妃で、そこに載る衣通姫の歌が『古今和歌集』の仮名序の小町評に引用され、また墨滅歌（すみけちうた）としてこの集の一一一〇番に載せられています。

このような仮名序の小野の歌への批評を、小町自身の容姿についての批評との誤解釈と衣通姫伝説とを結び付けて、小野小町絶世の美女伝説は作られていったものと思います。

　みるめなきわが身をうらと知らねばや離れなで海人の足たゆく来る　（六二三）
　海人のすむ里のしるべにあらなくにうらみむとのみ人の言ふらむ　（七二七）

言い寄る人も多かったと思われる小町が、誰に靡いたとも伝わっておりません。小町の許に百夜通ったと言う深草の少将の話も六二三の歌あたりから作られたのでしょう。

　花の色は移りにけりないたづらにわが身によにふるながめせしまに　（一一三）
　今はとてわが身時雨にふりぬれば言の葉さへに移ろひにけり　（七八二）
　色見えで移ろふものは世の中の人の心の花にぞありける　（七九七）
　秋風にあふ田の実こそかなしけれわが身むなしくなりぬと思へば　（八二二）
　あはれてふ言こそうたて世の中を思ひはなれぬほだしなりけれ　（九三九）

『古今和歌集』に収められた小町の歌を読むと、思う人と密かに夢に逢うことを喜びとする忍ぶ恋や、侘しい嘆きの歌ばかりです。

相思う男との激しい恋の喜びの歌が、そう、相聞歌と見られる歌がないのです。

　人に逢はむつきのなき夜は思ひおきて胸走り火に心焼けをり　（一〇三〇）

のような激しい恋の思いの歌も見えますが、縁語掛詞の技巧を凝らした歌で、これは『古今和歌集』巻十九雑躰俳諧歌の歌です。

小野小町は我が身の移ろい、人の心の移ろい、人の世の儚さ侘しさを嘆きつつ、一人物思いに沈潜して生きた女性のように思われます。

生涯夫を持たなかった女の末路は不幸なものという考えがあり、伝不詳の小町の末路不幸伝説を決定的にしたのが左の歌でしょう。

　文屋康秀が三河掾になりて
「県見にはえいでたたじや」と言ひやれりける返事によめる　小野小町
わびぬれば身を浮草の根を絶えて誘ふ水あらばいなむとぞ思ふ　（九三八）

こうして中世以降になると謡曲などに様々な小野小町伝説が作り上げられます。これらの中には末は野垂れ死にする小町の姿も出て来たりしますが、これらの小町像は『古今和歌集』の歌から形作られたものと思います。小野姓に小野妹子・小野老・小野篁・小野道風という名の人がいます。古代に小野氏という豪族があったのではと思われます。小野小町の出自は不詳ですが、小野小町もまたその一族の一人ではないかと思われます。

十五　北寿老仙をいたむ

与謝蕪村

君あしたに去(さり)ぬゆふべのこころ千々に
何ぞはるかなる

君をおもふて岡のべに行きつ遊ぶ
をかのべ何ぞかくかなしき

蒲公(たんぽぽ)の黄に薺(なずな)のしろう咲きたる
見る人ぞなき

雉子(きぎす)のあるかひたなきに鳴くを聞けば
友あり河をへだてて住みにき

へげのけぶりのはと打ちちれば西吹く風の
はげしくて小竹原(をささはら)真すげはら
のがるべきかたぞなき

友ありき河をへだてて住みにきけふは
ほろゝともなかぬ

君あしたに去ぬゆふべのこころ千々に
何ぞはるかなる

我庵(わがいほ)のあみだ仏ともし火もものせず
花もまゐらせずすごすごと彳(たたず)める今宵は
ことにたふとき

釈蕪村百拝書

北寿は俳人早見晋我の別号。晋我は下総国結城の人。延享二（一七四五）年正月二十八日、晋我が七十五歳で没した時、追悼詩として与謝蕪村から献じられたということです。蕪村三十歳の頃のことです。この詩が世に出たのは晋我の五十回忌の時に、その子桃彦（八十一歳）が刊行した追善集によってで、蕪村没後十年を経てのことでした。「老仙」とは老仙人の意で、蕪村の呈した敬称です。

この詩は従来分かりにくい詩といわれ、いろいろな解釈があります。

第四聯から第六聯までの解釈は従来は、

「雉子がいるとみえてひた鳴きに鳴く声を聞くにつけても、自分にも友がいて川の向こうに住んでおられたのだとしみじみ思われます。岡を下ってあなたの家のほとりまで来ると、竈の煙がぱっと散るのが見えました。折りから西風が烈しく吹いて、煙はあたりの笹原や萱原の中にこもりようもなく、はかなく夕空へ消えていきました。

再び岡のべに来ました。川の向こうに住んでいらしたあなたを偲びに。しかし雉子は今日はほろろとも鳴きません。」

この部分は近年次のような解釈もあります。

三つの聯を、ひたなきに鳴く雉子の言葉と解釈して、

「川の向こうに住んで鳴き交わしていた雉子の友が、突然変化（へんげ）の煙（猟師の発砲の煙）によって世を去ってしまった。

川を隔てて住んでいて常にあんなに親しく鳴き交わしていたのに、今日はほろろとも鳴かない。」
という雉子をしてこの世の無常観を語らせる解釈です。このように解釈するとすっきりして分かりやすいとも思われるのですが。

第五聯がこの詩での作者の主眼ではないかと思います。「へげのけぶり」については諸説ありますが、いずれも根拠に乏しくはっきりした解釈はありません。

「蒲公英（たんぽぽ）の花、薺（なずな）の花、雉子（きぎす）の鳴き声、見るもの聞くものすべてがあなたを思い出させるようすがとなる近景から、遠景に目を転ずると家々から煙が立ちのぼっているのが見える。

そこには人間の日常の生活の夕景が長閑に続いているように見えるのに、突然煙は風にぱっと散って、あたかも無常の風に吹きちぎられる如くはかなく空に消えてしまった。

折から西吹く風（西方浄土に向かって吹く風）が烈しく吹いて、その風は我が身に沁みて、逃れる術もない人の世の無常をしみじみと感じた。

またあなたを偲ぶよすがを求めて岡のべを訪れると、今日は雉子はほろろとも鳴かず。」
というように私は考えてみました。

学生の頃初めてこの詩を読んだ時、その詩の形に驚きました。蕪村は俳人とばかり思っていましたからとても新鮮な発見でした。

大学を卒業してすぐに同級生の有志で、近代詩の勉強会をしました。当時の私たちの大学の国文科は古典の研究が主で、近代文学が専門の教授はおられませんでしたから、近代詩の講義はありませんでした。そこで自分たちで勉強をすることにしました。その時、近代詩は与謝蕪村のこの詩から始まるのではないかと、初めにこの詩を取り上げました。注釈書などなかった頃、どのように読み解いたか、今はもう忘れてしまいましたが。

就職したばかりの私達は、男性社会の職場でそれぞれが独りぼっちの思いもあって、気のおけない話相手がいない寂しさに、月に一度の勉強会をしたような気もします。

近代詩の研究自体もどこまで続いたのでしょうか。それぞれが結婚し出産すると、仕事と育児と保育園作りに追われて、勉強会も自然消滅してしまいました。

その頃近代詩は島崎藤村からが通説でした。学生時代に私が参加していた明治大正文学研究会の旧制一高の年長の方々は、近代詩は萩原朔太郎からと意気軒昂でした。そんな頃、近代詩は与謝蕪村のこの詩からと私達が考えたのは卓見だったと思うのですが。

その後も私は時々この詩と向かい合いました。注釈書や研究書の類もいろいろ出て来ましたがどれも釈然としません。授業でも何度か取り扱いました。

学生時代の恩師井本農一先生に、私の解釈を聞いて戴こうと思いつつ、ぐずぐずと歳月を過ごしている中にお亡くなりになり、ご教示も受けられませんでした。

つひにゆく道とはかねて聞きしかどきのふけふとは思はざりしを

「伊勢物語」百二十五段に「むかし、男、わづらひて、心地死ぬべくおぼえければ」の文に続いて載っています。この和歌はまた

「古今和歌集」巻第十六　哀傷歌に「病して弱くなりにける時よめる　業平朝臣」の詞書で在原業平の歌として載っています。

人はその生命に限りのあることを知っています。けれども何歳であってもそのおとずれは「きのふけふ」のことと思わないのではないでしょうか。残された人にとっても、それはまた同じ思いではないかと思います。

十六　伊予の松山兄妹心中

作詞者不詳

伊予の松山兄妹心中
伊予の松山兄妹心中
兄は二十一でその名は照夫
妹二十でその名はお清
兄は二階で英語の勉強
妹座敷でお針の稽古
兄はそれみて妹に迷ひ
言へず語れぬ病にかかる
ある日妹二階に上り
もうし兄しゃん病気は如何
聞いて兄さん答へて言ふにゃ
わしの病は故ある病気
医者も薬も養生もいらぬ
愛しそなたと一夜を添へば
わしの病気はすぐさま癒る
聞いて妹びっくり仰天
もうし兄しゃん何言はしゃんす
他人に聞かれりゃ畜生と言はれ
親に聞かれりゃ勘当と言はる
そこで妹座敷へ降りて
下に着たるは白縮緬で
上に着たるは黒羽二重で
一尺八寸尺八持って
伊予の松山虚無僧姿
夜毎夜毎を流して歩く
或る日兄しゃん妹を呼んで

お前この頃どうしたことか
怪し虚無僧が来る度毎に
いとしお前の姿が見えぬ
一体何時からその様な仲に
なっていたかと詰め寄り問へば
そこで妹の仰言ることにゃ
もうし兄しゃんあの虚無僧を
いっそ殺して下さるならば
わたしゃあなたの思ひのままよ
伊予の松山夜も更け亘る
かすかに聞える尺八の音
闇にきらめく刃の光
あやし虚無僧ばったり倒る
側に駆け寄り天蓋とれば
あはれ虚無僧は妹じゃないか
返す刃に我が胸刺して
伊予の松山兄妹心中

学生の頃聞いたこの歌に再び巡り逢ったのは、それから長い歳月が経った後でした。

一九九〇年前後には多くの学校の卒業生の方々が、太平洋戦争下の学徒勤労動員に関する文集を出されました。その中の一つに『「運るもの星とは呼びて」―終戦前後の一高―』（一九九一・一〇・三〇発行）があります。昭和一九年に旧制一高に入学された人達の文集で、当時、戦時下の勤労動員文集を集めていた私は早速手に入れたいと思いました。そしてそのお値段と本の大きさを伺った後でふと躊躇しました。女学生の文集はどれも皆慎ましい本で、作られた冊数も同級生の人数分位、中には手作りで印刷製本されたのもあります。旧制一高の卒業生はその後の人生にも社会的に恵まれた方々ばかりなのでしょう。だからこんなに高価な本が作れるのだと思うと、男女の社会的な差を見せられた気持ちがして、単純には買い得なかったのです。

その本の中にこの歌がありました。筆者は本多行也氏で、旧制一高対旧制松山高校戦のスポーツの時に歌ったとの事でした。大学を卒業された後、氏は地方勤務の時にこの歌についていろいろと調べられたが、その由来はよく分からなかったということでした。
私の万葉集の講座に松山の女学校出身の方が二人おられます。早速お話ししたら興味を持って調べて下さいました。その方々のお友達のお話では詳しいことは分からないけれど、密かに伝えられている実話に基づくものではないかとのお話でした。
その後旧制弘前高校出身の方や他の旧制高校の方からも在学中に歌ったと伺いました。その方々のお話では多分船によって港港に伝播していったのではないかとのことでした。

この歌の追跡調査も少し忘れかけていた頃、ある日ぼんやりとテレビを見るともなく見ていたらこの歌が聞こえてきました。歌っているのは和歌山の老齢の女性で、和歌山県のその地方に古くから伝わっている歌とのことで、「伊予の松山兄妹心中」と歌っていました。和歌山の玉津島神社は衣通王を祀っています。

さてこの歌の内容から思い浮かぶのは、平家物語の話によったという菊池寛の戯曲『袈裟の良人』です。渡辺左衛門尉渡の妻袈裟御前に恋慕した遠藤盛遠が、夫ある袈裟御前に想いを打ち明けて迫ると、袈裟は夫の寝所にしのんで夫の首を切り取ったら盛遠の思いのままになると答えます。手筈通り夜半、渡の寝所にしのびこんだ盛遠が寝首を掻き切ってよくよく見るとそれは袈裟御前の首だった。

その後、盛遠は出家し文覚上人となりました。

また、伊予の松山という地名から考えますと古く遡って古事記の軽太子とその同母妹軽大郎女の悲恋の話が思い起こされます。

古事記によれば木梨の軽太子は允恭天皇の皇太子として定まっておられたのに、そのいろ妹（同母妹）軽大郎女と通じられたので、百官また人民も背いて穴穂王子によったので、軽太子は伊予の湯に流されました。軽大郎女は軽太子の後を追って行かれて、二人は伊予の地でともに自ら死んでおしまいになった。軽大郎女は衣通王とも呼ばれた大層美しい方であったと伝えられています。

古代、異母兄妹との結婚は行われましたが、同母の兄妹が通じるのは禁忌とされていました。この後の例でも中大兄皇子がなかなか皇位に着かれなかった原因として、同母妹である孝徳天皇の皇后間人皇后と通じておられたからで、やっと天皇になられたのは間人皇后が亡くなられたからであるという説があります。天智天皇の皇位の遅れの原因は定かではありませんが、木梨の軽太子の場合は政争の犠牲ではなかったかと私は思います。

道祖神は塞の神として本来は悪霊の侵入を遮る意で村境などに建てられています。

長野の安曇野地方等にある男女二神が手を取り合った姿を彫られた道祖神は、男女和合の形として豊饒を祈る神等と諸説ありますが、兄妹相姦の悲劇を哀れみ兄妹の姿を供養して建てられたという古くからの伝承があります。

古代から同母の兄妹（姉）と通じることは禁忌とされていました。しかし貧しい当時の庶民の暮らしの中に於いて、そのような出来事も多々あったのではないでしょうか。そしてそれは狭い閉鎖的な社会の故に回りから糾弾され、悲劇的な結末となったのでしょう。

白川郷の大きな合掌住宅の御主人が「昔は長男しか嫁はもらえなかった」と話され「それでは次男三男の方は不幸だったのでは」と問う人に、「食べていければそれで十分な暮らしでしたから」と答えておられました。深沢七郎氏の『楢山節考』『東北の神武たち』、私の育った祖谷山村も食べるのに精一杯で春になるのをまちかねて山草採りにいっておられました。

三重県の山奥育ちの方から「私たちは『三保の松原兄妹心中』を歌った」とのお便りをいただきました。このような歌は所により地名をかえて伝わり歌われ、本当の意味は忘れられていくのでしょう。

第六章　朱夏の日々に

一　家庭

三好達治

息子が学校へ上るので
親父は毎日詩（うた）を書いた
詩は帽子やランドセルや
教科書やクレイヨンや
小さな蝙蝠傘（かうもりかさ）になつた

四月一日
桜の花の咲く町を
息子は母親につれられて
古いお城の中にある
国民学校第一年の
入学式に出かけていつた

静かになつた家の中で
親父は年とつた女中と二人
久しぶりできくやうに
鵯（ひよ）どりのなくのをきいてゐた
海の鳴るのをきいてゐた

授業で「甃（いし）のうへ」「乳母車」等を読んだ後、達治の詩を何編かプリントして渡しました。有名な「雪」「鹿」「土」「揚げ雲雀」などの短詩や「大阿蘇」「艸千里浜」とともに、私のすきな「家庭」も必ず加えました。

この詩を読むと私自身の小学校新入学の頃が昨日のように思い出されます。桜の花びらの舞い散る古いお城跡の小学校での入学式。

入学式の翌日の教室で一番前の席に一人でポツンと座っていますと、入っていらした先生はにこやかに「今日からこの教室で勉強します。好きなお友達と座って下さい」とおっしゃいましたが、この町に転居してきたばかりの私には誰も知り合いはありません。すると後ろの方から白いブレザーを着た人がランドセルを抱えて来て私の左に座りました。昨日も今朝も白いブレザーの女の子が二人並んで座っているのを「あの人達は仲良しなんだな」と「月の沙漠」の一節を思い出しながら羨ましく眺めた二人の中の一人でした。そうしたらすぐにもう一人の白いブレザーがやって来て私の右に腰掛けました。いそ子ちゃんとよし子ちゃんでした。真ん中に私。

机は二人用の長机、縁台のような腰掛けに小鳥のように三人並んだのを、先生はおやおやという顔からにっこりされました。三人はすぐなかよしになりいつでも三人一緒。

日立に行ったばかりでお友達のなかった私の幸せな学校デビューでした。これは私の新しい社会への幸せな出発になりました。それからは私が転校したり、戦災でばらばらになりお互いの住所を確かめるすべもない時もありましたが、大学生の頃東京で再会し、ずっと親しいお友達でした。今でも「いっこちゃん」と呼ぶ二人の声が聞こえるようです。

学級のお友達も皆仲良く、担任の先生は年配の（といっても当時三十代後半の）男の先生で、今でも先生のお話を思い出します。

あれから四十年位の後、戦後初めての同期会のあと「一年六組の思い出」という長い詩を作って数人の友達に送りました。

ピカピカの新入生の姿を見る度に新しい社会への出発が幸せであるようにと祈るように思います。

昭和十二年入学の私のランドセルはコードバン。東京に住んでいた、いい物好きの祖母が、初孫の入学の為にはりきって選んだとのことでした。お友達のほとんどのランドセルは牛皮でした。

昭和十五年入学の妹のは豚革製。妹は「お姉さんのと違ってぶつぶつ毛穴の跡があるなあと思ったけれど、クラスの中には風呂敷包みの人も多くいる学校だったから、何とも思わなかった」と言っています。色は私も妹も茶色。あの頃、男子も女子もお友達のランドセルはみんな茶色だったように記憶しています。

昭和十七年国民学校入学の弟のは鮫の革製ということでした。祖母の待望の男孫の入学でしたから、八方手を尽くして探した物と思います。色は黒でした。見かけはとても立派でしたが、作りが粗雑だったのかいたみ始め、二年後には私のお下がりを使いました。六年間使った私のは疵一つなく新品同様でした。

この六年間のランドセルの品質の変化は、私の家の経済状況とは関係ありません。こうして改めて年を追って書いて見ると、戦争による物資の不足が随分早い時期から、人々の生活を圧迫していった事が分かります。庶民の暮らしの中の革製品の不足は、軍隊に於ける革製品の需要が急増した為でしょう。

敗戦後の昭和二十二年に入学した下の弟は、叔父の将校鞄（馬革製）を改造して貰って、ズック布の紐を付けたのを背負っていきました。敗戦後の街にはランドセルは売っておらず、人々の生活は食べるのに精一杯でした。

昭和四十年代、私の娘の入学に買ったのは牛革製のランドセル。色は赤。当時男子は黒、女子は赤と決まってでもいるように、それ以外の色のはありません。新憲法に男女平等が明記されている世の中に、どうして男は黒、女は赤かと思いつつ娘の心の中を思うと黒を選ぶことも出来ず。

六年後、そろそろ息子のランドセルをと思っていた頃、業者が保育園にランドセルの見本を置いていったとのことで、息子はそれが気に入り、ぜひそれをと言います。クラリーノなのですぐに駄目になると思いましたが、お友達のお母様の「男の子は乱暴だから壊れたら買い直せば」の言葉に決めました。息子は仲の良いお友達たちとお揃いの黒のランドセルを喜んでいました。懸念に反して六年間壊れもせずに疵もつかず新品同様。まだ十分使える二つのランドセルはお下がりする先もなく、捨てもやられず今も我が家にあります。

数年前の三月末の事でした。どこにも疵のないランドセルが剥き出しのまま塵芥置き場に捨てられてありました。せめて紙袋にでも入れて欲しかったと、雨に打たれているのを見ていました。「すさまじ」き人の心と。

孫のランドセル。三年前のこと。孫には好みの色があるとの娘の言葉。孫娘の選んだのはマリンブルーでした。牛革製。ランドセルの色は現在二十色以上、形も様々あります。

三年後に新入学を迎えた下の孫は、お姉ちゃんの時から、彼女が決めていたとのことで、紫式部にちなんで紫色でした。

さてこの年頃、年々豪華になるランドセル。新品のようなのが再び使われる事のないのを勿体ないと思うのは私だけでしょうか。

甃のうへ　　三好達治

あはれ花びらながれ
をみなごに花びらながれ
をみなごしめやかに語らひあゆみ
うららかの跫音空にながれ
をりふしに瞳をあげて
翳りなきみ寺の春を過ぎゆくなり
み寺の甍みどりにうるほひ
廂々に
風鐸のすがたしづかなれば
ひとりなる
わが身の影をあゆますする甃のうへ

み寺とは泉湧寺のことといわれていますが私は大学近くの護国寺を思うとこの詩を思いうかべます。

春の岬　　三好達治

春の岬旅のをはりの鷗どり
浮きつつ遠くなりにけるかも

二　もずが枯木で　サトウハチロー

一　もずが枯木に　泣いている
おいらは藁を　たたいてる
綿ひき車は　おばあさん
コットン水車も　廻ってる

二　みんな去年と　同じだよ
けれども足りねえ　ものがある
兄さの薪割る　音がねえ
バッサリ薪割る　音がねえ

三　兄さは満州へ　いっただよ
鉄砲が涙に　光っただ
もずよ寒くも　なくてねえ
兄さはもっと　寒いだぞ

担任しているクラスで放課後ホームルームをした時、一人ずつ何かを披露して遊びました。その時一人の女生徒がこの歌を歌いました。私はその歌の歌詞を知りませんでしたので教えてもらって皆で歌いました。

その頃新宿をはじめあちこちに歌声喫茶があり、若者が集まり主にロシア民謡や唱歌や労働歌や反戦歌が歌われ、若者の間で一世を風靡していました。「ともしび・トロイカ・カチューシャ・黒い瞳の・若者よ・原爆を許すまじ・ヴォルガの舟歌」等など。

これらの歌は若い教員たちの勉強会の後などでもよく歌われました。「もずが枯木で」も歌声喫茶の定番だったそうですが、私はあまり行かなかったので知りませんでした。

この歌の歌詞は昭和十年に『僕等の詩集』に発表され、それを読んだ茨城県水戸の中学校の先生が曲をつけられて生徒に教えられ、その地方で歌われていたということです。

私の手元にある小さな歌集には茨城民謡とありますが、私は民謡にしては歌詞が近代風だと疑問に思っていました。歌詞に厭戦的な気分がありますので戦時中は公には歌われず、戦後はその気分故に歌声運動に取り上げられたのでしょう。金田一春彦氏編の『日本の唱歌』によると、映画「ビルマの竪琴」の中で水島上等兵が歌っているとのことです。

歌詞に「満州」とありますし、昭和十年の作ですから満州事変を詠んだものでしょう。


そのクラス会からすぐに保護者との個人面談がありました。夕日も西に傾きかけた頃に「遅くなりまして失礼致します」と一人のお母さんが教室に入ってこられました。最後のその方の番になった時、辺りはもう暗くなっていました。「息子が愚図でぼんやりしているからもっとしっかりして欲しい」と、嘆かれるそのお母さんに「K君は一人っ子だから、もう少し成長されるとしっかりされますよ」と私が慰めて言った途端でした。「あの子には妹がいたんです。一歳でした。満州に置いてきたんです。ですからあの子には妹の分までしっかりしてもらわないと」と言いも果てず机に突っ伏して大声で泣かれました。「満人が『くれくれ』というので。どうして『くれ』といったのでしょう。」

私はただ茫然としていました。

戦後いち早く『流れる星は生きている』（藤原てい）を読みました。学生時代にはお隣に引き揚げて来られた方から敗戦時の満州のお話を伺いました。母の女学校時代の親友の方が朝鮮からの引き揚げの途中で亡くなられた事情も母から聞いていました。なのに若い私は引き揚げの時赤ちゃんや幼児を置いてこざるをえなかった事にまで思い至りませんでした。

「こんなに遅くまで申し訳ありません」とその方が帰られるまで、私は電気を点けることも忘れて真っ暗な教室に座っていました。

大学出たての若い私に父母の方々は色々な悩みや思いを話して下さいました。こうして私は多くの事を学び人間として成長したように思います。

職員室の机に戻った時、そのお母さんの下げていらした鞄が助産婦さんの鞄だった事に気づきました。その日もお仕事の帰りだったのでしょう。毎日どういう思いで赤ちゃんの出産に立ち会っておられるかと思った時、急に涙が溢れて止まりませんでした。

その時「おや真っ暗」と言って年配の男の先生が部屋に入って電気を点けられ、私に気づいて「あらまだいらしたのですか」と言ってから、「何かありましたか」と心配そうに聞かれました。若い女教師である私に父母が何か言ったかと心配されたようでした。

「お顔の色が真っ青ですよ」と体温計を持って来て下さったので、計ると三十九度近くありました。その先生は慌ててタクシーを呼び「お大事に」と送って下さいました。

「満州に赤ちゃんを置いてきた」というお話は私の心から離れず、何とか早く親たちが引き取れるようにならないかと、国の対策の遅さに苛立ちました。子供には記憶はなく、親たちも年老いてくるのにと。

一九七二（昭和四七）年、日中国交回復がなり、中国残留孤児の親捜しが始まりました。私は残留孤児たちの載った新聞を食い入るように見詰め、丹念に記事を読み、熱心にテレビに見入りました。

あのお母さんはお元気かしら、生きていらしたらどんなに必死になって見ていらっしゃるだろうと思うと、他人事ではありません。

でも一九四五（昭和二十）年の戦争終結からの長い歳月を思うと、お互いに簡単に親子と分かるでしょうか。まして赤ちゃんや幼い子供たちには記憶はなく、余程の手掛かりがなければ捜すことは困難でしょう。戦争とはかくも無残なものかと改めて思いました。

中国残留孤児問題に心を寄せていたある日、残留孤児とは終戦時十三歳以下を言い、それより年長だった者は残留婦人と呼ばれ、親捜しの対象から外れていると聞きました。敗戦時十四歳の私たちがもし満州に残っていたら残留孤児ではないと。それは自分の意志で残ったのだから残留孤児とは言わないと。

そんな理不尽な事はない。満州で生まれ育って父や母の故郷も知らず、敗戦後に父母を失った少女に、帰るべき故郷も内地に確実な身寄りもないとしたら、どのように自分の行く末を考えたらいいでしょう。またその年齢は自分で判断出来る歳でしょうか。

昭和二十年には満州の女学校に在学していた生徒たちから、従軍看護婦を募集しています。その少女たちに敗戦後の軍隊は十分な庇護をしたでしょうか。襲いくるソ連軍の兵隊たちの暴行を受けて散り散りになって逃げたとの話も聞きました。この少女たちは無事皆と一緒に引き揚げる事が出来たでしょうか。

私たちの年代の当時の少女たちは、戦争中は学業を捨てさせられて勤労動員学徒としてお国の為にと働かされ、戦後は自分の判断で出来るだろうと国家に見捨てられたのです。


どうして十三歳以上は残留孤児でなく残留婦人なのかと疑問に思っていた私がある会で怒りを持って話したら、男性の方がもしかして体を売って生きていけということではないだろうかと言いました。愕然！　敗戦時まだ生理もなかった私には考えも及ばない事でした。

歌声喫茶が盛んだった頃人々には戦争の記憶は忘れられない事でした。現在それが忘れられつつあることを悲しく思っています。

三　高校三年生　　丘　灯至夫

一　赤い夕陽が校舎をそめて
ニレの木陰に弾む声
ああ　高校三年生　ぼくら
離れ離れになろうとも
クラス仲間は　いつまでも

二　泣いた日もある怨んだことも
思い出すだろ　なつかしく
ああ　高校三年生　ぼくら
フォークダンスの手をとれば
甘く匂うよ　黒髪が

三　残り少ない日数を胸に
夢がはばたく遠い空
ああ　高校三年生　ぼくら
道はそれぞれ別れても
越えて歌おう　この歌を

校門から続く長い公孫樹(いちょう)並木の両側は広い運動場。並木の中を通る道を行くと右手に三階建ての鉄筋コンクリートの校舎、左手に屋根が迷彩色に塗られた古びた木造二階建ての校舎。校舎と校舎の間は屋根の無い渡り廊下で繋がれていました。駅から大通り迄の道の片側はずっと畑でしたから都区内とは言え田舎に来た気分でした。

前身が旧制中学校だった高校は生徒の三分の二は男子。着任式の時に校長が私の担当教科を「国語」と紹介されると生徒達は手を叩いて歓迎の大騒ぎ。他の方々の時はしんとして静かだったのにと不思議でした。

先生方は平均年齢四十代後半と聞く男性ばかり。男子生徒も教える女性の先生は年配のゆったりした感じの美人で女丈夫らしい英語の先生お一人でした。さぞかし生徒達にとってほっそりとして頼りなさそうな若そうな私は授業でいじめがいのある「よきカモ」に見えたに違いありません。だからこその喜びの拍手だったに違いないとは後で気が付いた次第。職員室でも万緑叢中紅一点の感でした。先生方は何方も温厚で親切な方々でしたが、職員室は何時もしんと静かでお喋りする相手もなく雰囲気もありません。

週に一日の研究日はありましたが、厳しい受験体制の当時、一か月に一度実施する実力テストの問題作りと採点と授業の下調べに追われて研究日は終わりました。

夏休みの講習は七十分授業。それを午前中に三回です。暑いし鋭い質問は飛んで来るしで終わるとくたくた。それを見かねてか開校以来勤務されているというお年寄りの用務員さんが、アイスキャンディーを何時も用意して待っていて下さいました。あの頃公立中学校の三年生も放課後と夏休みの講習があって都立高校への受験競争で大変でしたが、都立高校は一年生から三年生までの受験体制でした。
東大など旧制の国立大学系の大学の合格者数を都立高校がトップを競っている時代でしたから、生徒達は受験勉強に追いまくられて大変だったでしょう。生徒会長立候補者の掲げる要求が「二年に一度の記念祭を毎年毎年に」という事でしたが、先生方の中には「記念祭なんか三年に一度すればいい」と言われる方もおられました。

秋日和の放課後、生徒達は記念祭の準備に忙しげに校舎内外を走っています。夕陽がさして窓ガラスに光り校舎の壁に公孫樹の影が長く映っています。それを見ていたら不意に涙が零れました。私達にはなかった時間、人生に於いて再びは帰らない時なのに無残に通り過ぎていった灰色の女学生時代。授業もろくに受けられず戦火と飢えの中で過ごした日々。それにひきかえのびのびと自主的に記念祭の準備にいそしむ生徒達の姿は私にはとても羨ましく思われました。この生徒達を再びあの頃のような状態にさせてはならない。その頃から授業で意識的に戦争体験を話すようになり、私の体験した戦時下と戦後の混乱した社会の有様を少しずつ書き始めました。

「高校三年生」が流行している頃でした。
後夜祭で夜空に映えるファイアを囲んで生徒達に誘われてフォークダンスをしながら、彼等がこれから築くであろう社会は、民主的で他人の痛みの分る心豊かな社会になるだろう、そうしなければと思っていました。

それから何年。都立高校には学校群制度が導入され中学生達は望みの高校に入学出来なくなりました。折柄の大学紛争も相俟って都立高校にも学校紛争がおき、卒業生には「止めてくれるなおっ母さん。背中のいてふが泣いている」という大学の立て看板で有名になった人もいて、生徒達も意気盛んでした。彼等の要求にも尤もなところがありました。

紛争が終了して生徒達には三無主義が広がり、受験体制反対の声におされて学校では受験の為の夏期講習や実力考査がなくなりました。その頃から受験体制をとる私立高校に中学生は流れ、当然の如く我が校でも生徒の学力が変わっていきました。

その頃から研究日の午後に家にいると生徒達が時々訪ねて来るようになりました。午後の授業をサボって訪ねて来る生徒達は深刻な顔をして自転車に乗って悩み事を話に来るのです。ほとんどがそんなに深刻な事情ではなくゆっくりと時間をかけて聞くと心が晴れるのか笑顔で帰って行きました。

やがて教員の強制転勤が始まり、在任五年位で教員は勤務校を移動させられるようになります。

初めて担任したクラスの生徒で何浪もしていた人がいて、性格の好い成績も悪くないのにどうしてかと気がかりでした。その生徒が合格した時お母様が「先生が転勤なさらずおいでになられますようにと毎年祈っておりました」と仰られ、その時戴いたブラウスは今も持っています。見る度にそのお母様を思います。そのころは強制転勤などなく自分が希望しなければ同じ高校に何年も在勤することが出来る頃でしたから。在職何十年もの方が多い頃でした。

都立高校の先生の研究日も無くなり、通勤時間もかかる遠い学校に強制転勤となり、今の先生方には授業の下調べの時間はあるのかしら。充実した授業が出来るのでしょうか。

この頃聞くイジメ問題に心が痛みます。どうして友達の心や体を残酷に痛めつける事の出来る人間が育つのでしょうか。子供達をそういう痛み心の無い恥知らずのならず者に育てているのは社会か家庭か学校か。教員は時間的にも制度的にも拘束され心の余裕のない状況に置かれ教育本来の本筋から外されゆったりと生徒に接する時間を奪われています。

私が教員の頃「先生はお忙しいから」と父母達がよく仰いましたが、私はそれをお世辞か私への批判と思いました。忙しいとは心を亡う事です。どんなに忙しかろうと涼しい顔をしていたい私の自尊心は自らそう言うのは恥としています。けれども現在の教員の勤務実態は本当に酷になっているようです。

私は学園ドラマの「熱中先生」「金八先生」等や「殺人ドラマ」が若者の健全な心の成長を阻害し、かてて加えて週刊誌やマスコミのあり様、そして恥知らずな大人の社会の現状が、青少年に悪影響を与えているのではないかと懸念しています。青少年の健全な成長を阻むものへの検証是正を今すぐにと切に。

四　死にたまふ母

斉藤茂吉

ひろき葉は樹にひるがへり光りつつかくろひにつつしづ心なけれ
白ふぢの垂花ちればしみじみと今はその実の見えそめしかも
みちのくの母のいのちを一目見ん一目みんとぞただにいそげる
うち日さす都の夜に灯はともりあかかりければいそぐなりけり
ははが目を一目を見んと急ぎたるわが額のへに汗いでにけり
灯あかき都をいでてゆく姿かりそめ旅とひと見るらんか
たまゆらに眠りしかなや走りたる汽車ぬちにして眠りしかなや
吾妻やまに雪かがやけばみちのくの我が母の国に汽車入りにけり
朝さむみ桑の木の葉に霜ふれど母にちかづく汽車走るなり
沼の上にかぎろふ青き光よりわれの愁の来むと云ふかや
上の山の停車場に下り若くしていまは鰥夫（やもを）のおとうと見たり

「死にたまふ母」は、「其の一」十一首・「其の二」十四首・「其の三」十四首・「其の四」二十首の五十九首よりなっています。この歌数は茂吉の母が五十九歳で亡くなったのにちなんで作られたものです。この歌を初めて授業で数えた時、五十九歳という年齢は当時の私にとって考えられない程遥か彼方にありました。今改めて思うと茂吉の亡くなられたお母さんもこの一連の歌を詠んだ茂吉も随分若かったのですね。

教科書には「其の一・其の二・其の三」から有名な何首かが抄出してありますが、私は授業では必ずこの一連の歌五十九首全首を取り扱いました。コピーなどのなかったころでしたので家で夜更けてガリ切りをしたことが思い出されます。

「其の一」は母危篤の知らせをうけて不安に揺らぐ心が詠まれています。

殆どの教科書には「みちのくの母のいのち」から出てきます。そうすると多くの生徒達はこの歌を汽車の中での作と考えるようでした。「どういうふうに急ぐの。汽車の中で前の方へ走っていって、着いたら改札口が最後尾の方にあったりして」と授業で冗談を言ったりしました。前後の歌を読むと、この歌の心急く茂吉の心情や、あたふたと帰郷の用意をする姿・情景が鮮明に読み取れると思います。

私は冒頭の「ひろき葉は」の歌が好きです。母危篤の知らせを受けた時の茂吉の不安の思いが、風に翻る樹の葉に託して語られていて、それとははっきり言わないで作者の心のおののきを感じさせるので好きです。私が授業で全首取り扱った理由の一つはここにあるのかもしれません。

「其の二」は母の枕辺に駆けつけたところから母の死までが詠まれています。その中から人々によ

く知られている歌を挙げますと

死に近き母に添寝のしんしんと遠田のかはづ天に聞ゆる
母が目をしまし離れ来て目守りたりあな悲しもよ蚕のねむり
のど赤き玄鳥ふたつ屋梁にゐて足乳ねの母は死にたまふなり
春なればひかり流れてうらがなし今は野のべに蟆子も生れしか
ひとり来て蚕のへやに立ちたれば我が寂しさは極まりにけり

ここでは命死にいこうとする母に対して、生命ある小さな生き物が歌われています。死と生と。万葉集の大津皇子の御歌「ももづたふ磐余の池に鳴く鴨を今日のみ見てや雲隠りなむ」が思われます。

我が母よ死にたまひゆく我が母よ我を生まし乳足らひし母よ

なんといってもこの歌こそ「其の二」の中で絶唱とも言うべき歌と言えましょう。

「其の三」は母の葬りの歌です。「わか葉照り」「うつつなに山蚕は青く生れ」、葬り道に「すかんぼの華はほほけつつ」散り、おきな草が口あかく咲いている中を行きます。

わが母を焼かねばならぬ火を持てり天つ空には見るものもなし

星のゐる夜ぞらのもとに赤赤とははそはの母は燃えゆきにけり
はふり火を守りこよひは更けにけり今夜の天のいつくしきかも
灰のなかに母をひろへり朝日子ののぼるがなかに母をひろへり
どくだみも薊(あざみ)の花も焼けゐたり人葬所(ひとはふりど)の天明けぬれば

このような火葬の様子はこの頃の生徒達には想像もつかないでしょう。野麦峠の旧道を辿っていたら野中に火葬場跡と思われるやや平らな所がありました。

ここでは「たらちねの」と「ははそはの」の枕詞について教えました。どちらの枕詞も母にかかっていますが、その使い方について考えさせました。母にかかる枕詞だからといって「たらちねの母は死にたまふなり」「ははそはの母は燃えゆきにけり」を反対にしたらどうなるか。枕詞の歌に及ぼす効果。語感覚からの鑑賞をしました。

「其の四」は葬送の後の山の出で湯に一人亡き母を想う歌群です。

笹はらをただかき分けて行きゆけど母を尋ねんわれならなくに
はるけくも峡のやまに燃ゆる火のくれなゐと我が母と悲しき
遠天を流らふ雲にたまきはる命は無しと云へばかなしき
湯どころに二夜ねぶりて蓴菜(じゅんさい)を食へばさらさらに悲しみにけれ

山ゆゑに笹竹の子を食ひにけりははそはの母よははそはの母よ

「木の芽みな吹き」「通草(あけび)の花の散り」「白藤の花」「たらの芽」「辛夷(こぶし)の花」咲く蔵王の酸の湯に一人浸りて亡き母を思う作者の悲しみに胸打たれます。

私は今年二月に亡くなった母の七七忌の帰りに山奥の出で湯に泊まりました。一人湯に浸っていますと自然にこの二十首が思い出されました。山の宿なので笹竹の子が食膳にありました。「山ゆゑに笹竹の子を」が口をついてでて、不意に涙がこぼれました。

私がもの心ついた頃は戦時中でした。多くの文学者たちは盛んに戦意昂揚の作品を発表していました。新聞や雑誌で目にする作品と共に作者の名も覚えました。戦後それらの作品は消されましたが私の心は覚えています。斉藤茂吉もその一人でした。ですから茂吉を避けてきました。思えば不幸な出会いでした。

次に私の好きな茂吉の歌を幾つか挙げます。

あが母の吾を生ましけむうらわかきかなしき力おもはざらめや

めん鶏ら砂あび居たれひっそりと剃刀研人(かみそりとぎ)は過ぎ行きにけり

ゆふされば大根の葉にふる時雨いたく寂しく降りにけるかも

朝あけて船より鳴れる太笛のこだまはながし竝（な）みよろふ山

めん鶏たちが砂あびをしているのどかな風景。その後を剃刀研人がひっそりと通りすぎていく。明日あることを疑いもせでぼんやり時をすごしている。剃刀研人はすぐ後にせまっているのに。

私がいくら歌を作ってもこういう歌は出来ないでしょう。

五　寺山修司の歌

マッチ擦るつかのまの海に霧ふかし身捨つるほどの祖国はありや

何年か前の新聞に、あなたは高校で習った短歌の中で何を思い浮かべますかとアンケートを取ったら、寺山修司のこの短歌が断然多かったと、書いてあるのを読みました。

若い頃私は頼まれて教科書関係の副読本等を作る仕事をしていました。こんな仕事に出てこられる方は、それぞれの研究分野で業績のある方で、また平凡な一教員で終わりたくないという野心をお持ちの方もありました。私といったら本業の仕事以外には一切手を出さない主義で、一刻も早く帰宅して我が子を保育園からひきとりたいと思い、また公立保育園作りの仲間と保育園作りの運動に忙しい日々でしたので、先輩同僚の推薦で断り切れなくて義理と人情がらみの仕事でしたから、いやいやながらの参加でした。

そんな状況ですからどんなジャンルの単元を引き受けるかという時には、なるべく仕事が少ないようにと願って目立たぬように控えていました。皆さん得意の分野から、詩人は詩を、評論家は評論をというように引き受けられて、何時も残るのは短歌と小説でした。

私は割り当てられた短歌は近代歌人のアンソロジー等を作ってお茶を濁していました。そんな事を何年続けたでしょうか。さすがの私も子規や茂吉や晶子や節や啄木のアンソロジーに飽きました。思い切って現代歌人にしよう。当時活躍されていた近藤芳美・宮柊二・五島美代子氏等の他に、もっと若い歌人もと思って、寺山修司や何人かの現代歌人の歌も取り上げて、新しいアンソロジーを作りました。

本が完成すると打ち上げの反省会がありますが、帰心矢の如しの私は何時も参加せず、一目散随徳寺(いちもくさんずいとくじ)。その日も帰ろうとすると、今日は先生が主役ですから是非にとの事。随徳寺も出来ずにいやいやながら出席したその日の会で「今回は短歌が一番充実しましたね」「特に寺山修司の『マッチ擦る』が載ったのは素晴らしい」「戦後の短歌であれほど皆に感動を与えた作品はない」と全員がおっしゃいました。

一九五〇年代後半にこの歌が世に出た時、戦中派も学生も若い世代も共感を持ってこの歌を迎え入れました。今では国民的名歌の感さえあると言われています。

寺山修司の「チェホフ祭」が世に出たとき俳句からの剽窃だと非難されました。

研究者によるとこの「マッチ擦る」にも次のような原典があると指摘されています。

　夜の湖ああ白い手に燐寸の火　西東三鬼

　一本のマッチを擦れば湖は霧　富沢赤黄男

　めつむれば祖国は蒼き海の上　富沢赤黄男

私が調べたところでは明治時代末の川柳に

マッチすって僅かに闇を慰めぬ　藤村青明

があり、また次の短歌もあります。

あなあはれ寂しき人ゐ浅草のくらき小路にマッチ擦りたり　斎藤茂吉

寺山修司がこれらの先行作品をすべて読んでいるとすれば驚くべき読書量、それらを原典にして短歌を作ったとすれば脱帽です。

私は冒頭の短歌が万人の共感を得たのは、そしてこれ一首で寺山修司の名が万人に記憶されたのは、この歌の下の句「身捨つるほどの祖国はありや」にあると思います。

お国のために身を尽くすのが国民のつとめと強制された結果の無残な敗戦。国民はそれぞれの分野でお国を信じてあらゆる苦難に耐えました。敗戦の色濃くなってもそれを知らされずに。

太平洋戦争中、遠い海の向こうに出撃して還らなかった多くの人々がいます。その陰に泣いた妻や子や父母や兄弟姉妹や恋人がいます。その忘れ得ない記憶がこの下の句に人々が共感したものと思います。深い霧の中で海は暗く果てしない。その暗さの果てに沈んでいる暗い魂。その魂たちは還る術もなく海の暗い果てから祖国を見ているのでしょうか。

マッチの火の明かりの短い瞬間に、還られ得ざる恨みの魂が一瞬見えて消えました。

マッチの一瞬の光が、かえって果てしない海の遠さと暗さを、霧の深さをより濃い重いものにしています。

　この上の句に「身捨つるほどの祖国はありや」が結び付いた時、人々は作者の深い嘆きや恨みや虚無感を感じ取ったのではないか。空しい戦いに遠くの海の果てに散った数多の命。反語で問われた下の句を読むと慟哭の反戦歌になっています。

　作者自身の父上も太平洋戦争中に南の島で戦死しておられます。作者は九歳の小学生でした。戦後の母との生活の中で「お父さんがいたら」と何度も思い、苦労して働いている母の姿を見、また母からも幾度となく聞かされて育ったであろうことを考えると、この歌には作者の切ない悲しみがこもっているように思われて胸を打ちます。作者は決して強く叫んではおられませんが、この歌からは反戦の思いと深い詠嘆が感じられます。

　先行作品と指摘された前出俳句は、この下の句を加える事によって、全く別の作品になっています。この歌の持つ若々しい叙情が多くの人の胸に響いたのでしょう。前出の茂吉の歌とは比べようもない。

　　耳大きな一兵卒の亡き父よ春の怒濤を聞きすましいむ
　　亡き父の勲章はなお離さざり母子の転落ひそかにはやし
　　やがて海に出る夏の川あかるくてわれは映されながら沿いゆく
　　ドンコサックの合唱も花ふるごとし鍬はしずかに大きく振らむ
　　アカハタ売るわれを夏蝶越えゆけり母は故郷に田を打ちていむ

夏蝶の屍をひきてゆく蟻一匹どこまでゆけどわが影を出ず
村境の春や錆びたる捨て車輪ふるさとまとめて花いちもんめ
ころがりしカンカン帽を追ふごとくふるさとの道駈けて帰らむ
列車にて遠く見ている向日葵は少年のふる帽子のごとし
売りにゆく柱時計がふいに鳴る横抱きにして枯野ゆくとき
ひとり酔えば軍歌も悲歌にかぞうべし断崖に街の灯らよろめきて
大工町寺町米町仏町老母買ふ町あらずやつばめよ
さみしくて西部劇へと紛れゆく「蒼ざめし馬」ならざりしかば
ペタル踏んで花大根の畑の道同人雑誌を配りにゆかん
日あたりて遠く蝉とる少年が駈けおりわれは何を忘れし

（旧仮名遣いの歌集もあります）

やや多く寺山修司の歌を引用しましたが、これらの歌からは寺山修司の父恋い、母恋い、故郷恋いの思い、少年の日への喪失感、青年の孤独感が痛々しいまでに感じられます。私のもう失ってしまった遠い思春期の日々と、その頃の私の思いが痛いように思われます。

寺山氏の歌は実態の写実とは遠く、そのため毀誉褒貶も多くありますが、虚構と虚構の間にほの見える叙情の真実も読み取らねばと私は思います。多くの人々に共感を持って迎えられ愛唱されたのは、読む人の心の琴線に触れたからに違いありません。またこれらの歌の持つセンチメンタルな所が、人々の共感を誘ったのではないかとも私は思います。
四十七歳の若さで亡くなった寺山氏は、俳句・詩・演劇と各分野で活躍されました。

さすらいの途上だったら

荒磯暗く啼くかもめ
われは天涯　家なき子
ひとり旅ゆゑ口ずさむ
兄のおしへてくれし歌
さよならだけが人生だ

流るる雲を尋(と)めゆかば
たどりつかむか　冥界に
ひとを愛するさびしさは
ただ一茎のひなげしや
さよならだけが人生だ

（後略）

幸福が遠すぎたら

さよならだけが
人生ならば
また来る春は何だろう
はるかなはるかな地の果てに
咲いてる野の百合何だろう

さよならだけが
人生ならば
めぐりあう日は何だろう
やさしいやさしい夕焼けと
ふたりの愛は何だろう

（後略）

漢詩の于武陵の「勧酒」の、井伏鱒二の有名な訳詩の一節「サヨナラダケガ人生ダ」を引用したこの二つの詩を読み比べて戴きたい。前衛的な人と世間で喧伝されていますが意外に感傷的な詩人と思いました。本質は古風な人だったのかなぁなんて思っています。

六　岸上大作の歌から

血と雨にワイシャツ濡れている無援ひとりへの愛うつくしくする　　岸上大作

一九六〇（昭和三十五）年の六月のある未明の事。眠っていた父が突然ガバッと起きて着替え始め、ネクタイを締めかけてふと手を止めて、また寝巻に着替えて蒲団に横になったとのこと。朝御飯の時に「さっきはどうなさいましたの」と母が訊ねると「郁坊は赤ん坊を産んで今は寝ているな」と答えにはならぬ返事をぼそりと言ったそうです。その後母はラジオで国会議事堂前のデモで女子学生が亡くなられたというニュースを聞いたそうです。父は何時も蒲団の中で早朝のラジオを聞いていましたので、そのニュースをラジオで聞いたものでしょう。

「後で考えるとお父様は『女子学生死す』との報に、とっさにいっこちゃんではないかと思われたのではないかしら」と母が言いました。

父は私達子供達とはあまり親しい会話もせず、子煩悩とは到底思われない人でした。ただただ厳めしい怖い存在でした。私が進学校を決めた時に「僕は娘を学費のいらない学校にいかせようとは思わない。今の学校制度では女子大は仕方がないが」と言ったのが官学嫌い女子大嫌いの父の唯一の反対表明でしたが。

父は私のことを「とびあがりもん」と言っていましたから、何か危ないことに遭遇しないかと内心常に心配していたのではないかと母の言葉を聞いた時に思いました。事実私は大学自治会の常任委員などをしていましたから父は私の行動を気にかけていたのでしょう。私には何も言いませんでしたが。

私が結婚する時、父は「結婚はいいが嫁にはやらん」と言ってました。

一九五〇年代後半の学校では「学力テスト」や「勤務評定」等への教員の反対闘争が激しくデモも盛んで、国会議事堂玄関前でのスクラムを組んでのジグザグデモの時などは身の危険を感じるほどでした。デモの先頭で竿の中央にいる私の写真が組合の新聞の一面に載っています。このデモのあと議事堂の入口は警官によって閉鎖されました。その時殆どの教員に渡された訓告処分の写しが今もあります。

一九六〇年の安保闘争の高揚は盛んで、学生も組合も社会人も烈しいデモを繰り返しました。デモの人々とそれを阻止しようとする国会議事堂の警備員・警官達とのせめぎ合いがどんなに烈しく危険な状況だったか。命を懸けてのデモですから。そしてそんなデモの波の中で一人の女子学生が命を失われました。一九六〇年六月十五日でした。

その頃私達が仲間としていた共同保育に生後八か月のお子さんを預けていらしたご夫婦が、その夜デモに参加されて夜通しお帰りにならず、共同保育のお手伝いの奥さんが赤ちゃんを一晩預かられました。あの烈しいデモの中からは抜け出せなかったとのことでした。

さて、冒頭の短歌の作者岸上大作は昭和十四年生まれ、昭和三十五（一九六〇）年十二月五日に自死。時に二十一歳でした。

父上を戦病死で亡くされ、貧しい母子家庭に育ったと伝えられます。大学在学中は「まひる野」で短歌に専念したとのことです。彼は安保闘争で負傷しました。国会南門で女子学生の亡くなった日です。その日のデモがどんなに烈しかったか。岸上大作はそれらの闘争に参加した一連の歌を残していますので、安保世代の学生歌人と言われています。

前掲の歌は「黙禱――六月十五日・国会南通用門」と題された一連の中の一首です。

ヘルメットついにとらざりし列のまえ屈辱ならぬ黙禱の位置
喪の花はわたくしにのみ自己主張してきびしきになに捧げうる
美化されて長き喪の列に決別のうたひとりしてきかねばならぬ
意思表示せまり声なきこえを背にただ掌の中のマッチ擦るのみ

右の最後の一首は「意思表示」巻頭の歌。言うまでもなく安保闘争に行動しない寺山修司氏への批判の歌です。戦いに父を失い、母一人の手に育った同じ境遇の同世代の歌人を彼は尊敬しまた失望したものと思われます。

装甲車踏みつけて越す足裏の清しき論理に息つめている　　岸上大作

装甲車芦原なかを迷い居り　風の革命を鎮めんと来て　　岡井　隆

この二首の歌を比べて見て下さい。岡井氏の歌は「人間は考える葦」を踏まえ知的教養的ですが、己を少し圏外に置いた傍観者的な、あえて言えばややに上から目線で見ているような感があり、岸上氏の歌には行動者との一体感があり、稚拙ながらそこに純粋さがあるように私には思われます。短歌表現の難しさがそこにあるものと思います。

プラカード持ちしほてりを残す手に汝に伝えん受話器をつかむ
カタログを繰るときみせている窪みその手に書かれんと答えおそるる
安保闘争の中にいた彼はまた恋をする繊細なナイーブな若者でもありました。

メキメキと身体が鳴ると夜ごと言う十時間働き縄なう母
ひっそりと暗きほかげで夜なべする母の日も母は常のごとくに
分けあって一つのリンゴ母と食う今朝は涼しきわが眼ならん
皺のばし送られし紙幣夜となればマシン油しみし母の手匂う
学徒兵の苦悶訴う手記あれど父は祖国を信じて逝けり
五つのわれ文字覚えしをほめてあり戦地の父の最後のたより
白き骨五つ六つを父と言われわれは小さき手をあわせたり

陸軍伍長父の白骨埋められ墓標は雨にただ濡れていし
父の骨音なく深く埋められてさみだれに黒く濡れていし土
亡き父をこころ素直にわれは恋ういちじくうれて雨ふるみれば
炎天に杖にすがりてゆく祖父よ父十年忌にわが家貧しき
最愛の人を失い、働き手を失って残された家族の戦後の日々の困難さが心に沁みます。

走り書きは母へのたより絵はがきでカタカナまじりはわれへのたより
ほろ甘きびわのつぶら実食ぶれば父にまつわる幼き記憶
この高校時代の作品に込められた父恋いの想い。安保闘争に参加した世代の人々の中には幼くして父を戦いで失った人達が多くおられました。彼等にとって戦争は痛烈な記憶。それ故に右傾化しつつある政治への不安を最も敏感に感じ取った世代と思われます。

生きること尊いと思う日、冷たい蒲団にくるまって寝ても嬉しく
と高校時代に詠んだ彼が大学進学の望み叶って上京したのに何故自死したのか。理由は私には分かりません。しかし私にはここにもあの昭和の大戦の、多くの世代の国民に及ぼした影響、就中まだ幼い少年に及ぼした戦争の大きな深い長きにわたる心の傷を思わずにはいられません。

七　ヨイトマケの唄　　作詞作曲　丸山明宏

一
今日も聞こえる　ヨイトマケの唄
今日も聞こえる　あの子守唄
工事現場の　昼休み
煙草ふかして　目を閉じりゃ
聞こえてくるよ　あの唄が
働く土方の　あの唄が
貧しい土方の　あの唄が

二
子どもの頃に　小学校で
ヨイトマケの子ども　きたない子供と
いじめぬかれて　はやされて
くやし涙に　くれながら
泣いて帰った　道すがら
母ちゃんの働く　とこを見た

三
母ちゃんの働く　とこを見た
姉さんかむりで　泥にまみれて
日に灼けながら　汗を流して
男にまじって　綱を引き
天にむかって　声あげて
力の限りに　歌ってた
母ちゃんの働く　とこを見た
母ちゃんの働く　とこを見た

四
慰めてもらおう　抱いてもらおうと
息をはずませ　帰ってはきたが
母ちゃんの姿を　見たときに
泣いた涙も　忘れはて
帰っていったよ　学校へ

五

勉強するよと　言いながら
勉強するよと　言いながら
あれから何年　たったことだろ
高校も出たし　大学も出た
今じゃ機械の　世の中で
おまけに僕は　エンジニア
苦労　苦労で　死んでった
母ちゃん見てくれ　この姿

六

母ちゃん見てくれ　この姿
何度か僕も　ぐれかけたけど
やくざな道は　ふまずにすんだ
どんなきれいな　唄よりも
どんなきれいな　声よりも
僕を励まし　慰めた
母ちゃんの唄こそ　世界一
母ちゃんの唄こそ　世界一

その頃家屋作りなどの普請場で働いている人を「ヨイトマケのおじさん」とよんでいました。意味はわかりませんでしたが。

小学校低学年の頃でした。その頃、豊田正子の『綴り方教室』の影響の故か、綴り方教育が盛んで、担任の先生も綴り方に熱心な方だったようでした。私は綴り方があまり好きではなかったので「進士、残って綴り方を書きなさい」と先生がおっしゃると、とても憂鬱でした。その日も二、三人のお友達と放課後残って綴り方を書いていたのでしょうか。

何時も一緒に帰るお友達も帰ってしまって、我が家の方に帰るお友達もいなくて、その日は一人で下校しました。

途中でヨイトマケのおじさん、おばさんの掛け声がしました。何時も下校途中によく聞く声でしたが、お友達と一緒だといって見ることが出来ませんでしたので、普請場に寄ってみることにしました。男の人に立ち交じって、手拭を姉さん被りにした小母さんたちが多勢で綱を引きながら、

父ちゃんのためなら　エーンヤコラ
母ちゃんのためなら　エーンヤコラ
もひとつおまけに　エーンヤコラ

と唄っておられました。綱の先に付けられた重そうな太い丸太を、唄いながら引っ張り上げ、一斉にドスンと落とします。

全員が気を揃えて力を合わせてその動作をする為に、ああして歌って調子を取るのだなと思いながら見ていると、「かわいいじょうちゃんだエーンヤコラ」「かあさんがまってるよエーンヤコラ」「はやくおかえりエーンヤコラ」と唄の文句が変わります。

働きながら唄う唄は、童謡や唱歌と違って唄の文句もその時によって変わるのだなと思いながら「じょうちゃんさよならエーンヤコラ」に送られてさよならしました。

私は毎年高校三年生の授業で「清光館哀史」（『雪国の春』柳田國男著）を教えていました。これは東北の小さな漁村小子内を、柳田國男氏が一九二〇年に旅された時の「浜の月夜」と、その六年後に作者が再び小子内を訪ねられた時の「清光館哀史」とからなっています。

「ヨイトマケの唄」が世の中で歌われてからしばらくたった頃の事でした。「浜の月夜」の中の小子内の盆踊りの様子を書かれた所に「東京などの普請場で聞くような女の声が、しだいに高く響いて来る」とあります。今まで特に説明もせず読み飛ばした文でしたが、ふと何げなく「普請場ってなあに」と尋ねましたら分かりません。その説明をしてから、

私　「そこで女の人は何をしているのでしょう」

生徒「あのう。炊事等していたと思います」

私　「では女の声ってどんな声」

生徒「ゴハンデスヨと呼ぶんじゃないかしら」

そういえば東京では普請場で男と肩を並べて「ヨイトマケ」と働いている女性の姿は見かけられなくなっていました。普請場という言葉も何時しか聞かれなくなりました。女の人達が男と一緒に戸外労働をしている姿は目にしなくなりました。真夏の炎天下汗を流して、また、寒風吹きすさぶ冬の日に、働いていた女達の姿が街頭から消え見かけなくなれば、その辛さもわからなくなってしまいます。

女生徒達に、女が働くことが、お茶汲み、炊事、洗濯と固定的な観念を持たせつつある社会になっていました。そこで「普請場で働く女」を手掛かりとして、昔から多くの女性達が逞しく様々な労働をして、生活を担って来たことを改めて生徒達に考えさせました。

と同時に、皆で声を合わせて唄を唄い、唄の文句を生み出すことによって、それは時には卑猥な文句であっても、厳しい労働の辛さを紛らわせ、お互いが共感し連帯しあっていたのではないだろうか。

そこにまた労働の喜びもあったのではないかなどと語りました。

田植え歌・稲刈り歌・糸紡ぎ歌・草刈り歌・稲舂き歌等など、古来、労働歌は沢山あります。それらを唄って労働したのは男性ばかりではなく、女性も共に働いたのです。このような唄は今は民謡に多く残っていますが、遠く遡れば『万葉集』の中にも民衆の労働歌と思われる歌が収められています。人々が沢山集まっての作業には辛さの中にも、共同しての仲間の連帯感、生き生きした生活感もあったのではないかと思うのですが。

今日の農作業等を考えると、耕運機・コンバインなどの機械化によって作業は楽になったでしょうが、一人での作業は孤独ではないかと思います。生産現場に若い人が少なくなったのも機械化の一因とは思いますが。

黒部鉄道の列車が鉄橋をわたる時、線路の石の点検をしていた人がいました。列車が通過する寸前、鉄橋の柱につかまり、身軽に柵の上に立ちました。その人は年配の女性でした。町中でヨイトマケの女性の姿は見かけなくなりましたが、こんな危険な仕事を女性もしているのです。身近に見かけなくなった働く女性は私達の見えない所で独りで危険な作業に従事していることに胸をつかれました。

八　ヨモツヒラサカ　スミレサク

「大和」よりヨモツヒラサカスミレサク

川崎展宏

戦艦「大和」は一九四一年に建造された日本海軍の史上最大の戦艦で、不沈戦艦を言われました。昭和二十年四月五日に沖縄海上特攻の命令を受け、同六日沖縄に向けて、沖縄に上陸した米軍を撃退する為に軍備をし、応援の兵士・兵器等を載せて出撃しました。敗退しつつある日本の軍や人々の多大な期待を担っての出撃でした。それが沖縄に到達する事も出来ず、翌四月七日に米軍の空から海中からの猛攻撃を受けて鹿児島県の坊の岬南方沖で撃沈されました。大戦艦としての威力も発揮出来ずに、戦い得ずして撃沈された戦艦は、悲劇の戦艦として名を残しました。この当時の日本はもう自国の制空権も制海権も失っていたものと思われます。戦艦「大和」の沈没に国民も大きな衝撃を受けました。

「ヨモツヒラサカ」は黄泉比良坂。「古事記」によると、神避(かむさ)りまししきその妹伊邪那美命を追って黄泉国に行きましし夫伊邪那岐命は「見てはならぬ」と言う伊邪那美命の言葉に背いて伊邪那美命の怒りを受け、伊邪那美命の命を受けた黄泉軍に追われてやっとのことで黄泉比良坂の麓まで逃れ、千引きの岩を黄泉比良坂に据え塞いで、黄泉国とこの世の間の行き来が出来ないようにしました。

「黄泉比良坂」とは黄泉国と現世との境界をなす断崖です。この句のカタカナ表記は無電と言われていますが、戦時下に手旗信号を習った私には手旗信号にも思われます。

「ヨモツヒラサカニハスミレノハナガサイテイルゾウ」と一生懸命に手旗信号を送っている若い兵士たちの姿と幻の菫の花が私には目に見えるように思われます。

撃沈された「大和」の乗組員の兵士二七四〇名と伝えられる人たちが艦と運命を共にして、渡津海の底に沈み、黄泉比良坂を下って黄泉国に向かっていきました。折しも春四月、黄泉比良坂には菫の花が花盛りです。

乗組員の兵士の多くは若き兵士達でした。人生の春の入口にさしかかったばかりの若者たちでした。平和な世に生きていたら「すみれの花咲く頃、はじめて君を知りぬ」と歌う可憐な少女たちと愛を囁き合う年頃の人たちでした。その青春の日々も彼等の未来も無残に断ち切られてしまいました。

『旧制高校物語』によりますと、旧制松本高校の生徒にスミレの研究者がおられて、新種のスミレを発見されたとのことです。松高を卒業して昭和十七年九月東京帝国大学農学部に進学し、翌年秋海軍入隊。艦上爆撃機「彗星」の乗組員として二十年四月十七日沖縄戦で米空母に突入し、戦死されました。

昭和四十九年一人息子が出撃した基地跡に慰霊碑を建てたその母は間もなく自殺されたと聞きました。

我が家の植木鉢に夫が散歩の途次時々道端で堀り採って来たスミレが濃い紫の小さな花を咲かせています。葉の丸いのや長い葉があって野スミレにも種類があることを私は知りました。野菫の紫の花をめでている夫は戦後在学した旧制松高にそのような先輩がおられたことを知るや知らずや。

この句を読むと

山路来て何やらゆかしすみれ草　　　芭蕉

を思い、芭蕉の句の後には

春の野にすみれつみしと来し吾ぞ野をなつかしみ一夜宿(ね)にける　　　山部赤人

万葉集の歌が透けて見えるように私には思われます。

戦艦「大和」の乗組員の兵士たちの何名かは護衛艦によって救助されました。『戦艦大和ノ最期』の著者吉田満氏は、その数少ない生存者のお一人です。

太郎水漬き次郎草生し茄子の馬　　　川崎展宏

日中戦争・太平洋戦争と戦線は拡大し、広がった戦場の各地で多くの兵士は戦死しました。しかしその遺骨は未だに収集されずに現在に至っています。この句は戦後五十年の時に詠まれたということですが、その後も未だ遺骨は山野に海岸に海底に残されたままになっています。可愛がって育てられた人たち。彼らの親も妻も子も兄弟も恋人も友も悲しみに沈んだまま歳を重ねまた亡くなりました。

長男も次男も戦に征きて還らぬ親達にまたお盆が来て、茄子の馬が仏前に供えられています。魂よ早く帰れと言う如く。

海行かば水漬くかばね
山行かば草生すかばね
大君の辺にこそ死なめ
かへりみはせじ

万葉集巻十八にある大伴家持の長歌の一節の大伴氏の言立には多くの人が曲を付けていますが、昭和十二年頃の信時潔(のぶときききよし)作曲の歌が私達の世代にとっては最も有名です。昭和二十年三月に卒業した女学生たちは卒業式で校歌も歌わせられずに「海行かば」だけを歌って卒業した学校が多くありました。

戦時下の大本営発表の時、戦果のあった時は軍艦マーチ、玉砕の時は荘重なる「海行かば」が放送されましたから、この句を読むと多くの方が信時潔作曲の「海行かば」を思い浮かべられるでしょう。

でも私には、

六　水漬き草生す殉忠の屍にかをる桜花
　　光と仰ぐ皇軍の聞け堂々の進軍歌

という軍歌が思い出されます。「雲湧き上がるこの朝」で始まるこの「進軍の歌」は昭和十二年頃に作られた軍歌で、当時小学校低学年生だった私も自然に覚え、現在に至っても六番までよどみなく歌えますから、当時は全国に流行して人々に歌われたと思われます。

雪　　三好達治

太郎を眠らせ、太郎の屋根に雪ふりつむ。
次郎を眠らせ、次郎の屋根に雪ふりつむ。

唐突ですが私にはこの句の後ろに達治のこの詩が潜んでいるように思われるのです。
更にもう一つ私の思い浮かべる歌、

一　うつくしき　我が子や何処
　　うつくしき　我が上の子は
　　弓取りて　君のみ前に
　　勇みたちて　別れ行きにけり

訳詞者不明のこのスコットランド民謡は、

二　我が中の子は太刀佩(は)きて君のみ許に
三　我が末の子は矛取りて君のみ後に

と続きます。征きて還らぬ我が子への母の切ない思いの歌と思われて胸打たれます。

川崎展宏氏は昭和二年生まれ。敗戦の時は十八歳でした。終戦がもう一年遅ければ当然召集されたでしょう。昭和十九年から徴兵年齢は十九歳になりましたから。従って太平洋戦争の戦没者への鎮魂の思いがテーマとなっている句が多く見られます。一方では国文学者であった氏の句には古典を題材とした作品も多く見られます。二〇〇九年ご逝去。

桃の咲くそらみつ大和に入りにけり
桜貝大和島根のあるかぎり
ともしびの明石の宿で更衣
日に焦げて天平勝宝のひばり消ゆ
山の端の逃げて春月ただよへる
義仲の鎧の重き菫哉
熱燗や討ち入りおりた者同士
パイプから戦後のけむりサングラス

九　紅葉から兜太まで

泣いて行くウエルテルに逢う朧かな　　尾崎紅葉

泣いて行くは学生か生徒か。『金色夜叉』『多情多恨』で有名な古い作家と思っていた紅葉とウヱルテルの取り合わせに驚いた句。

『若きウヱルテルの悩み』や『アルト・ハイデルベルグ』は私達の学校時代必読の青春の書でした。戦災の焼け跡の中の女学校時代にも私は『ウヱルテル』や『親和力』を熱心に読みましたし、「カール　ハインツ。オーデンの森へ行きましょう」と『アルト・ハイデルベルグ』を文化祭で上演した頃、焼跡闇市世代の貧しい社会での私達の青春でした。

夫は定年後少し時間に余裕が出来たので隣接している大学の独文科の聴講生になろうと研究室を訪ね、そこで思いがけなく旧制高校の時にお習いしたドイツ語の先生にお目にかかりました。先生は国立大学の教授をご退官後はその大学の教授をしておられるとのことで、夫は何十年かの時を経て再び先生の生徒になりました。先生の授業は旧制高校時代の頃と変わらず厳しく難しく、また若い先生のドイツ語会話の授業と共に悪戦苦闘の勉強をしていました。

その頃『わが老春のハイデルベルグ』という本が出ました。定年退職された方がドイツ語を勉強し直して、ハイデルベルグ大学留学を目指して勉強された体験記でした。夫もその本に励まされて毎年大学に通っていました。

夫が定年退職した年にその記念にと欧州旅行のツアーに参加しましたら、ツアーの男性方の殆どが同年配の方で親しくなり、ハイデルベルグではハイデルベルグ大学の学生酒場に殿方達はビールを飲みに行かれました。

彼等の中学生時代は戦時中の勤労動員の日々。そして敗戦後の学生時代もまた食糧難の日々。この世代の男性の方々にとっても夢のハイデルベルグだったのでしょう。

脱線ついでにもう一つ、私達の世代にとって忘れ難い青春の文学作品に『マルセイユ三部作』（マリウス・ファニー・セザール）があります。戦後早くに新劇の舞台で仲谷昇・岸田今日子の出演で上演され、多くの若い人々の胸に響き魅了した作品でした。

『伊勢物語』二十四段の講義をする時は、何時も私の好きな『イノック　アーデン』や『マルセイユ三部作』の話をしました。

筒袖や秋の柩に従はず　　　夏目漱石
時鳥厠半ばに出かねたり　　　同

女高師一年の頃、旧制一高の方達の近代文学研究会の仲間に入れて頂いていました。皆意気軒昂たる年上の青年達で、紅一点の年下の私はオミソ気味。「漱石の下手な俳句は除いて」との発言に漱石のこれらの句を思いつつも自信のない私は発言出来ず。

詞書に「倫敦で子規の訃を聞きて」とある句は書生の頃からの親しき友への哀悼の句。

「或人の招飲を辞したる手紙の端に」と詞書のある句は、西園寺公望公の招宴を断った時の句。時鳥が鳴いているのに生憎後架にて出られずという挨拶の句です。

　ゆく春や振分髪も肩過ぎぬ　　夏目漱石
　時雨るるは平家につらし五家荘　　同
　野菊一輪手帳の中に挟みけり　　同

文学博士号授与辞退や前出「時鳥」の句等から反骨の人と言われ、その作品に込められた日本の近代文明化への誤りに対する警告や批判から、漱石は厳めしい人のように思われていますが、このような句を読むと漱石は案外感傷的なロマンチストだったのではと私には思われるのですが。

　春雨の衣桁に重し恋衣　　高浜虚子
　遠山に日の当りたる枯野かな　　同
　桐一葉日当りながら落ちにけり　　同
　春風や闘志いだきて丘に立つ　　同

古の月あり舞の静なし　　高浜虚子

私は虚子の初期のやや古典趣味的浪漫的な句や青年らしい客気のある句が好きです。

虚子と河東碧梧桐は郷里松山の中学の同級の親しい友人で、共に京都・仙台の学校に進み共に中退して上京し同じ下宿に住みます。碧梧桐は下宿の娘と親しくなりますが、碧梧桐が天然痘に罹り入院中に虚子はその娘と親しくなり、碧梧桐の旅行中にその娘と結婚したという話が伝わっています。

想い人を奪われた男と親友の想い人を奪った男の話は下世話な囁き話に過ぎないことですが、この話は子規と親しかった漱石にも伝わった事でしょう。

何年か経てそれは「先生」とその親友Kのそれぞれの「こころ」の問題として小説『こころ』に昇華されました。意志の強い人間として生きようとストイックに精進に励むKは想い人への煩悩を払いきれない己の弱い「こころ」に絶望して自殺し、自分だけは誠実な人として利己心のない生き方をしていると自負していた先生は、自らも思いがけない自らの利己心によって親友を死に至らしめたとの己の「こころ」に恥じて自死する。（ちなみにKの境遇は菊池寛の境遇にヒントを得たものと私は密かに思っています。人物像は全く異なりますが。）

碧梧桐と虚子の対立の遠因はこの想い人の奪い合いに因るものと言う人もいますが、この対立は二人の俳句に対する目標と性格によるものと思います。碧梧桐が亡くなった時、

たとふれば独楽のはじける如くなり　　高浜虚子

と虚子は追悼の句を詠んでいますが、碧梧桐にとって虚子は俳句の上で激しく回る独楽のような相手

ではなく、私には碧梧桐は虚子とは別の高みを目指していたと思われます。

赤い椿白い椿と落ちにけり　河東碧梧桐
空をはさむ蟹死にをるや雲の峰　同
百合の山路越え来て合歓の花の里　同
稲の秋の渡し待ってゐるどれも年寄と話す　同
ひかれる牛がつじでずっとみまわした秋空だ　同

授業でこのような俳句を教えるのは、感性の乏しい授業者にとってはつらい。読んだだけで話のしようがない。

ほうほうの体で職員室に戻ると、机上に新しいPTA名簿が配られてありました。何気なく開いた頁が今教えてきたクラス。ぼんやり眺めていると保護者名に金子兜太、職業欄に日本銀行員。（この頃私は名簿の保護者職業欄廃止を訴えていました。現在はこのような名簿は何処の学校でも作成していないと思いますが、当時は着任して日の浅い若い教員の異議など取り上げられませんでした）。

金子君は今日の授業の話をお父さんとの夕食の時に話題にするかしらと赤面の思い。

そういえば兜太氏の父君は医者で俳人の金子伊昔紅氏。私の伯母や母が親しくしていた東京世田谷の金子医院の金子先生は、金子伊昔紅氏の従兄弟とかつて聞きました。内科医で心臓専門の金子先生は、お若い頃青山脳病院（院長齋藤茂吉）の副院長だったとも聞いていました。

身近にお話を伺える方々がおられましたのに、若い日々に母達の話を聞き流したことを後悔。

空壜の浮く夕焼へ飛機還れ　　金子兜太
水脈の果炎天の墓碑を置きて去る　　同

兜太氏は出征しトラック島にて敗戦をむかえられました。

十　子を産み育てる苦しみ男は知らず

短夜や乳ぜり泣く児を須可捨焉乎（すてつちまをか）　　竹下しづの女

君知るや。児を愛しむ切ない母の心を。

初めてこの句を読みました時に衝撃を受けました。女性が子を産み育てる現実がこれほど大胆に赤裸々に句に詠まれるとは。

そしてこの作品一連が「ホトトギス」の巻頭に載ったと知ってもっと驚きました。

俳誌「ホトトギス」を擁して俳句王国に君臨している虚子に、この句を「ホトトギス」の巻頭に載せる見識と度量があるとは思いませんでしたから。「ホトトギス」が婦人に門戸を広げたのは俳句人口を増やし、己が王国を更に大きく揺ぎ無いものにせんが為の虚子の野心ではないか。虚子は多くの弟子を擁して俳句世界の大御所として自らの好みでない句は受け付けないような人ではないかと私はずっと思ってもいましたから。

子をおもふ憶良の歌や蓬餅　　しづの女

生まれたばかりの赤ん坊は夜中でも三時間おき位にお乳を欲しがって泣きます。それは長い間ではないのですが、妊娠・出産とで母体そのものが疲れている母親にとっては、その期間が永遠に続くように思われて辛いものです。何時になったらぐっすり眠れるようになれるかと。

母乳がたっぷり出る「乳足らいし母」の場合はまだいいとして、乳の出の少ない母親はまだ粉ミルクなどない頃にはどんなに切ない思いをされたことでしょう。戦時中「キノミール」という名の粉ミルクが配給になりました。


昔は出産は家制度で婚家先でするのがしきたりでした。それとは関係なく私は一人前の職業人として親の世話にはなるまいと意気がって里帰り出産はせず。帝王切開出産後に出血が長引き微熱も続いたので、お医者さんは心配して退院を引き止め、私は鳥獣皆が自力で出産しているのにどうして私だけがと悲観して我が身が情けなく、若いお医者様が「きれいな絵か写真でも見て下さい」とおっしゃり、主治医の坂元先生は色々と検査をして下さいましたが、原因はわからず。食物はおろか、水を飲んでも吐く十ヶ月の悪阻。帝王切開での出産。設備も不備な共同保育に赤ん坊を預ける不安。それらにおしつぶされて私の産後うつはひどくなっていました。そのため長い間病院のベッドで不貞寝していましたから、退院後赤ん坊はあまり夜中に起きなくなっていて助かりました。

娘は勤務先に近い病院で出産し、安産でしたので一週間後には退院。里帰りを潔しとしない娘の産後はせめて床上げ迄でもと私は毎日世話に通いました。頼まれた訳でもなく。

ある日行くと赤ん坊を抱いた娘が部屋の隅で壁に寄り掛かってげんなりしています。聞けば赤ちゃんがおっぱいを少し飲んでは寝、蒲団に寝かせると泣き、抱くとまたおっぱいをちょっと飲んでは寝、寝かせると泣きの繰り返しでもう二時間もこんな状態でと言う。娘にミルクの用意はと聞き、粉ミルクをといて哺乳瓶で飲ませると、赤ん坊は勢いよく飲んでぐっすり寝てしまいました。きっと母乳が足りなかったのよと言って娘も眠らせました。

初めて小さい生命を授かった女性は、畏れと不安を抱きます。生命化学者、理学博士の娘の経歴も初めての経験には何の役にも立ちません。まして二十歳前後の若い女性にとっては頼りになる人がいない場合はどんなに不安でしょう。昔から女性は子を産み育てて来たのだから当たり前に出来る事とされて女性の一人一人の心身のちがいは蔑ろにされて来たのではないか。

泣きそうな私が映るガラス窓泣きやまない子を抱きしめながら　　山添聖子

つい先頃の朝日歌壇に載っていた歌です。

娘はイクメンの夫の支えと彼女の強い克己心で翌日には元気でしたが、一人で不安な産後の女性の心と体を支える人の存在の必要性を痛感しています。

産後五十六日で職場復帰した私は毎日飛ぶような思いで帰宅し娘を共同保育から引き取りました。

ちなみに当時産休は、労働基準法で産前・産後で十二週、婦人警官は十五週、教員は十六週で教員のそれとても私が仕事に就いた年に日教組婦人部が獲得したとの事。産休補助教員の制度が出来たのは私が出産した年（一九六〇年）です。

その頃の保育所は福祉のための一人親家庭のためでした。友人が区役所に保育園の相談にいったら「旦那さんがいるのにどうして働くの」と言われたとのことで私達は共同保育をしていました。仲間がお宅（昼は御夫婦で勤務のため）を提供して下さいました。その階下の家の御主人は後に首相になられた方です。

部屋も狭く保育用具もなく赤ん坊が怪我をしないかと思う不安な毎日毎日でした。ダブルインカム・ノーキッズなどという言葉が流行っていました。

哺乳瓶の乳首を嫌って口に入れない娘は私が帰ると直ぐにお乳に吸い付きます。「乳足らぬ」ママは授乳の前に牛乳と水とビスケットを用意し、赤ん坊に母乳を飲ませながら、母乳の出が少なくなったら私もこれらを口にすると溢れるように母乳が出るようになるので自分を「おっぱい製造機」と言っていました。

復職して何日かしたある日、待ちかねた様にお乳に吸い付いた娘は口を離して激しく泣き、驚いて乳房を搾ると母乳は一滴も出ません。私は慌てて用意のミルクを飲んでも如何にしても母乳は出ません。嫌がって泣く娘に哺乳瓶をあてがいながら私も泣きました。

短夜や乳足らぬ児のかたくなに　　竹下しづの女

その日から私の母乳は完全に出なくなるのですが。私は考えました。

私達が学徒勤労動員に出勤したのは初潮期に当ります。深夜勤務もある二交代・三交代の慣れない重労働。ヒロポンを飲ませられて働かされた所もあります。加えて食糧不足による栄養失調。少女達の中には生理が止まった人も多く、しかし生理用品とて無いあの時代のこと、かえって面倒が無くなったと思ったと戦後聞きました。それが自分の体にどんなに悪影響を齎（もたら）す事になろうとは知識のない少女達は知るよしもなく。

急に母乳が出なくなったことは将来の私の体に悪い影響を齎さないか。知識の無かった学徒勤労動員の少女の頃とは違う。成人した私達が自分で我が体を護れなくてどうする。

女性の母体を護るために。それから私は育児休業の要求を訴え始めました。けれども私の思いは理解されずに、若い独身の女性の同僚からは「赤ん坊が可愛いなら辞めるべき」とか、何年か経てからは、東大出の若い男性教師からは「育児は女の仕事と考えておいでなのですか。古い」と言われました。この方はいま医者になっておられます。赤ん坊にたっぷり母乳を与えて育てたいとの思いと、その為には母親の心と体を護りたいとの私の考えは理解を得られませんでした。

育児休業法案が通り実現したのは私の娘が出産した年でした。私が娘を育てている時に痛切に願った思いは、三十年を経てやっと娘の出産の時に実現したのです。「三年間抱っこし放題」と何も知らぬ首相の思考力欠如のあきれた発言。いまは「女性は子供を三人産むべき」なんて言っています。「産めよふやせよ」と戦時中はさかんに言われました。少子化は私達の世代からはじまっています。

戦後の食料難、物資のない時に子供を育てるために母たちがどんなに苦労したか、私達はその姿をみて育ちました。私の友人達のほとんどがお子さんを二人か一人しかお産みになりませんでした。

汗臭き鈍(のろ)の男の群に伍す　　しづの女

思わぬ長広告をいたしましたが、今ある制度は保育園も学童保育も育児休業も、先人達の血と涙の実体験の要望と努力から、自ら獲得した結果の賜物です。平和憲法も又然りです。九条改憲などとんでもない。

㈠　ただならぬ世に待たれ居て卒業す
㈡　寮の子に樗(おうち)よ花をこぼすなよ
㈢　秋の雨征馬をそぼち人をそぼち

右は竹下しづの女作。㈠は昭和十二年。㈡は昭和十三年の作。古くは獄門の側の樗の木にさらし首は架けられました。句にはそんな意も含まれているのかと。日中戦争始めの頃の作品です。

十一　ひょっこりひょうたん島

波をチャプチャプ　チャプチャプ
かきわけて（チャプチャプ）
雲をスイスイ　スイスイ　追いぬいて
（スイ　スイ　スイ）
ひょうたん島は　どこへゆく
ぼくらをのせて　どこへゆく
　丸い地球の水平線に
　何かがきっと待っている

井上ひさし

苦しいこともあるだろさ
哀しいこともあるだろさ
だけど僕らは　くじけない
泣くのはいやだ　笑っちゃおう
進め　ひょっこり　ひょうたん島
ひょっこりひょうたん島
ひょっこりひょうたん島

（宇野誠一郎作曲）

転勤してこられた年配の先生は、現代国語教育の権威という方で、宮澤賢治の研究家としても有名な方でした。その方が「愛視聴番組に間に合うように」と放課後毎日急いでお帰りでした。夕方のテレビの子供番組の「ひょっこりひょうたん島」をご覧になる為と。

その頃の私はその時間には保育園から子供を引き取り、夕食の支度をしている間テレビの子供番組に子守りをしてもらいながら娘のピアノの稽古を聞くという状態でしたから、ゆっくり子供と共にテレビを見る余裕はなく「ひょうたん島」のお話の筋も歌詞も台所に途切れ途切れに聞こえてくるのを聞くだけでした。でも歌やドン・ガバチョやハカセ等の登場人物は今も鮮明に覚えています。特に藤村有弘のドン・ガバチョは。

私の勤務先の高校では毎年合唱コンクールをしていてクラス毎にコーラスを競います。テレビの「ひょうたん島」を聞いていた時から幾年か経ての事でした。私は二年生の担任になりました。その学年は一年の時に担任をしていない学年でした。美術と書道選択の生徒達で編成されたクラスでしたから全員歌は苦手で、コンクールの自由曲の選曲は超難航。皆で共通に歌える歌がなく、加えて積極的に歌おうという気分もありません。唯一全員の歌える歌は「ひょっこりひょうたん島」だけという訳で、自由曲は「ひょうたん島」に決まりましたが合唱ではなく斉唱です。

コンクールが終わると入賞のクラスのみならず、各クラス毎に懇切な講評が音楽の先生からあります。なのに我がクラスに対しては高校生の合唱としての水準に達してはおらずとのご判断からかコメントなしでした。

コンクールの後二週間程して四・五人の生徒が来て「土曜日のホームルームの後に少し時間を頂けないか」との事。それからいろいろな楽譜を各自がプリントしてきて毎土曜の午後のホームルームの賞するに到りました。

後は歌の練習。その内飽きるかと思っていましたらそれは一年間続き、三年の合唱コンクールでは入賞するに到りました。

そのクラスの記念祭の出し物はお化け屋敷でした。高校生にもなって情けない、もう少し知的な事が考えられないかと担任の私はがっかり。しかしまとまりのないクラスでしたから全員が一致して協力出来ることを期待して、お化け屋敷が出来上がった時に危険な個所の有無をチェックするにとどめました。

それが三年の記念祭の時もまたお化け屋敷をするというのです。またかと担任としては落胆。何かと口を出したい所をぐっと我慢。彼等の自主性に任せました。生徒達は夏休みの中から各地のお化け屋敷の興行を見学して歩き構想を練っていたと言う事でした。

当日お化け屋敷は大入り満員の大盛況。お化け達は汗だくで疲れたと時々選手交代。生徒達は大成功と大喜びで大満足。だが担任は彼らの知性の低さに落胆。情けないなあと。

同僚の先生が出されている日刊の職場新聞の記念祭講評に「二年続けてお化け屋敷なんかしている馬鹿なクラス」と書かれました。

暫くして後の保護者会で保護者の皆さんが「先生が我慢して忍耐して下さったお蔭で、子供達には楽しい記念祭の思い出が出来ました」と仰いました。「息子が先生は何にも仰らないけどさぞ職員室で恥ずかしい思いをしていらっしゃるだろうと、皆で反省会をして話し合ったといっていました。先生の自尊心を傷つけた事と子供達は反省しています。我慢して下さって有難うございました」と口々に仰いました。何も言わなかったけれど生徒達も判っていたのだ。こうして生徒達は経験し反省して自らを高め成長するのだと胸が熱くなりました。自主的にとは難しい。

教師への評価が月給をも左右すると聞く現在の高校で、先生方はどういう指導をされているのでしょうか。はたまた教師にも知性的な判断も指導力もなく、生徒と一緒になってお化け屋敷に興じてそれをよしとしているのでしょうか。

娘が乳幼児の頃の子供番組に「チロリン村とくるみの木」という懐かしい歌があります。その可愛い絵本もいまだに。テレビのお話と絵と声優の声が可愛らしくて覚えている番組です。「鉄腕アトム」「巨人の星」「ムーミン」「秘密のあっこちゃん」「みなしごハッチ」。「夜は墓場で運動会」と子供と一緒に歌ったお話も。題は忘れましたが「僕らは六人六つ子だよ／力を合せりゃ何でもできる」なんていう少し品の悪いのもありましたっけ。件のクラスは今も同級会の度に「ひょっこりひょうたん島」を歌っています。彼等にとっては懐かしのメロディーなのでしょう。

乳幼児の頃にテレビで聞いた歌やお話はその後の人格形成に少なからず影響を与えると思うのです。「正義の為に殺人光線で相手を打ち倒す」というようなどぎつい子供番組はどうかなと。心に優しくしみる夢のある楽しいお話のテレビ子供番組はないかしら。

十二　ネロ—愛された小さな犬に—

谷川俊太郎

ネロ
もうじきまた夏がやって来る
おまえの舌
おまえの目
おまえの昼寝姿が
今はっきりとぼくの前によみがえる

おまえはたった二回ほど夏を知ったただけだった
ぼくはもう十八回の夏を知っている
そして今ぼくは自分のやまた自分のでないいろいろの夏を思い出している
メゾンラフィットの夏
淀の夏
ウィリアムズバーグ橋の夏

オランの夏
そしてぼくは考える
人間はいったいもう何回ぐらいの夏をしっているのだろうと

ネロ
もうじきまた夏がやって来る
しかしそれはおまえのいた夏ではない
また別の夏
まったく別の夏なのだ

新しい夏がやって来る
そして新しいいろいろのことをぼくは知ってゆく
美しいこと　醜いこと　ぼくを元気づけてくれるようなこと　ぼくを悲しくするようなこと
そしてぼくは質問する
いったい何だろう
いったいなぜだろう
いったいどうするべきなのだろうと

ネロ
おまえは死んだ
だれにも知れないようにひとりで遠くへ行って
おまえの声
おまえの感触
おまえの気持ちまでもが
今はっきりとぼくの前によみがえる

しかしネロ
もうじきまた夏がやって来る
新しい無限に広い夏がやってくる
そして
ぼくはやっぱり歩いて行くだろう
新しい夏を迎え　秋を迎え　冬を迎え　春を迎え　さらに新しい夏を期待して
すべての新しいことを知るために
そして
すべてのぼくの質問にみずから答えるために

―一九五〇―

作者によると「ネロ」は作者の隣家で飼っていた犬で、「かきね越しに僕の家にもしょっちゅう遊びに来ていて、うちでも家族のように愛されていた」ということです。

メゾンラフィットはマルタン・デュ・ガールの小説『チボー家の人々』に登場する町です。パリのサン・ラザール駅から、数十分のところにある小さな町で、町の一部が緑の木立の中に広い散歩道のある静かな庭園か公園のようになっており、その中央奥に美しい城館があり、広い散歩道に沿って豪奢な別荘風の建物が立ち並ぶ優雅な別荘地でした。

少年のジャック・チボーが、思春期の悩みを抱いて、日々を過ごしたところでした。

私の記憶によれば『チボー家の人々』は日本では太平洋戦争前に「美しい季節」あたりまでが、翻訳され出版されました。私がこの小説を読んだのは戦時中でした。しかしその後半は統制による出版禁止。そして戦後にその続きが出版されました。学生の私は出版を待ち兼ねてその度毎に大学の図書館に通い、イの一番にお借りした思い出深い本です。

この詩に挙げられた夏は、作者の体験の順に従って並べられていますから、作者が読まれたのも戦時中に出版されたものでしょう。

「淀の夏」。作者のお母さんの実家のある京都府淀町。そこで作者は敗戦を迎えました。

私は戦災にあって疎開した、父の故郷福井県丹生郡朝日町で敗戦を迎えました。女学校三年生でした。朝から暑い日でした。重大放送があるというのでラジオの前にいましたが、雑音がひどくてよく聞き取れなかった。いや、よく聞いていませんでした。どうせ「最後の一兵になるとも戦う」とか「この国難を乗り切ろう」とか言うに違いない。この負け戦をどのように国民に耐えろと言うのかと思っていましたので天皇の声なんか聞くのが嫌だったのです。

放送が終わると母が戦争が終わったと言います。それならどうしてもっと早く止めなかったのか。そうしたら東京大空襲をはじめ各地方都市の空襲の被害も原爆や沖縄の惨事もなかったのにと、怒りの思いで日々を過ごしました。艦砲射撃の恐怖と、我が家の一切が灰燼と化した焼夷弾の戦火の心身の震えは、今もなお刻みこまれています。終生忘れえないでしょう。従って授業では再び戦争を起こさないように、憲法九条を守り抜くようにと熱意を込めて語りました。戦火の下には無辜の民の無惨な死があることを。

「ウィリアムズバーグ橋」はアメリカ映画「裸の町」に出て来る橋です。映画を見た遠い日の記憶によりますと、追い詰められた犯人が橋の鉄骨をよじ登る。その下にはたしか高校の運動場があり、若々しい生徒達が球技に興じていました。それは犯人がこの世で最期に見た光景でもあります。

「オランの夏」のオランはカミュの小説「ペスト」にあるアフリカのアルジェリアの北西部にある港町。

この詩の作者は生徒達にとっては自分たちの高校の先輩でもありますので、入学したばかりの一年生にとっては、学校に親しみを持つことが出来るようになるでしょうし、また作者が自分と同じ年頃の時の作品なので、理解し易いのではないかと思いました。

人間は自分自身の体験のみならず、多くの文学作品を読んだり、映画や演劇等を観ることによって、他の人々の人生を体験出来、それによって広く深く物事を考えられるようになることを改めて考えさせたいと思いました。

これから始まる高校生活を実り多いものにして欲しい、沢山の本を読んで欲しい、特に『チボー家の人々』は在学中に是非読んで欲しい、戦争についても多く知り考えて欲しい、そして「生きる」ということについても深く考えて欲しいという私の願いがありました。

七十年安保の頃の学校紛争の後、生徒達は卒業式準備委員会を作り、「蛍の光」「仰げば尊し」は立身出世主義を煽る歌という理由で、卒業式には歌わない事に決めました。（太平洋戦争末期の卒業式でも同じ理由でこの二曲は禁じられ「海ゆかば」を歌った学校もありました）

生徒達は先輩の谷川氏に卒業式の詩を頼みにいき、「あなたに」という詩を作詞して戴きました。「あなたに」は毎年卒業式に読み継がれ、現在も読まれているということです。

十三

未来へ

丸山　薫

父が語った
御覧　この絵の中を
橇が疾く走ってゐるのを
狼の群が追ひ駈けてゐるのを
馭者は必死でトナカイに鞭を当て
旅人はふり向いて荷物のかげから
休みなく銃を狙ってゐるのを
いま　銃口から紅く火が閃いたのを

息子が語った
一匹が仕止められて倒れたね
ああ　また一匹躍りかかったが
それも血に染まってもんどり打った

夜だね　涯ない曠野が雪に埋れてゐる
だが旅人は追ひつかれないだらうか？
橇はどこまで走ってゆくのだらう？

父が語った
かうして夜の明けるまで
昨日の悔いの一つ一つを撃ち殺して
時間のやうに明日へ走るのさ
やがて太陽が昇る路のゆくてに
未来の街はかがやいて現れる
御覧
丘の空がもう白みかけてゐる

第一聯は息子に絵本を見せながら父親が語りかけている様子が描かれています。

第二聯では絵本の絵が息子にとっては現実の出来事のように捉えられていきます。恐ろしい狼の群は息子の恐怖感をそそり、逃れ切れるだろうかという旅人への不安は息子の不安な思いと一体化します。

第三聯では父自身の思いが語られています。昨日の悔恨は払っても払っても逃げようとしても執拗に追いかけてきます。昨日の悔いを打ち殺している間にも時間は過ぎて行きます。

昨日の悔いは逃れようもありませんが、その悔いを悔いとして認識し、明日は悔いのないように生きようとする。そしてまた今日の悔いを打ち殺しながら明日を生きる。悔いのない明日に向かって。それが生きるということなのでしょう。そこに未来がある。

私の若い子育ての時はあの時こうすればよかった、ああするべきだったと、今日一日の悔いで輾転反側する夜が多くありました。再びは後悔しないようにと思うのですが、同じ事はやって来ずまた違った事が起こるのですから。愛情たっぷりな子育てをしているか、子供の思いに応えているかと自問しつつ。

家事もまた然り。出来合いの物は買わず、外食はせずと暮らしましたが、育った家にいる時はお料理は母まかせで、料理の知識を得ないままに結婚し、知恵も工夫の能力もない私は日々の貧しい食卓への自己嫌悪。

さて仕事の教師としては授業の内容も文章の解釈も去年はどうしてこんな事に気が付かなかったか

と思う事の繰り返し。卒業した生徒達をもう一度教室に呼び戻したいと何度思ったことか。

　生徒達のかかえているさまざまな悩みにはたして適切な助言をなしえたかとの悔やみ。こうして仕事も子育ても家事も中途半端な人生が、駆け去るように私の上を通り過ぎて行きました。

学校遠望　　丸山　薫

学校を卒へて歩いてきた十幾年
首を回らせば　学校は思ひ出のはるかに
小さくメダルの浮彫のやうにかがやいてゐる
そこに教室の棟々が瓦をつらねてゐる
ポプラは風に裏反つて揺れてゐる
先生はなにごとかを話してをられ
若い顔達がいちやうにそれに聴き入つてゐる
とある窓辺で誰かが他所見して
あのときの僕のやうに呆然こちらを眺めてゐる
彼の瞳に　僕のゐる所は映らないのだらうか?
ああ　僕からはこんなにはつきり見えるのに

　私は今も過ぎ去った日々を思って眠れない夜を過ごす事が多くあります。今となっては取り戻す事の出来ない事なのに。

　そしてまた残り少なになった日々の今日一日を、何事も為さずに過ごし、充実して暮らせなかった悔いに追いかけられつつ。

　この詩を教えたとき私はまだ若く、未来について、人生について何を語り得たかが心もとなく、今にして教室に並んだその時の生徒の顔顔を覚えていますが、生徒達は何を学んで私の前を通り過ぎていったのでしょうか。

学校の屋根、風に翻るポプラの葉、何事

かを語っておられる先生、熱心にそれを聞く生徒達、よそ見している一人の生徒、これらはみんな回想の中の学校風景です。ぼんやり何かの思いにふけってよそ見をしているのは作者自身でしょうか。少年の日の思い。

私が小学校三・四年の頃通った学校の教室の窓から広い太平洋が見えました。誰かが指名されて読本の朗読をしている時等には海を見ていました。晴れた日には小さな漁船が行き来し、曇りの時は荒波が立ち上がって逆巻き。それを見ながらあの時私は何を思っていたか。今となっては思い出しようもありませんが、広い世界に憧れてよそ見をしていたのでしょうか。まだ自分の未来を思う歳ではありませんでしたが「私の未来」はそんな私を見ていたに違いありません。

この詩の中の少年は、その頃の私のような幼い子供ではないのできっと授業に集中出来ない物思いがあったのでしょう。それとも一寸放心していたのかも知れませんし、空想にふけって遠くを見ていたのかも知れません。

その少年を見ている誰かがいます。それはその「少年の未来」です。ああ、過去からは未来が見えないのです。未来からは過去がはっきりと見えるのに。

彼はよそ見をしている少年の現在を生きていて、少年だった過去の自分を見ることが出来ます。かつての自分の姿をいじらしいと。

しかし学校時代の少年だった自分を振り返る事の出来る彼もまた、未来の自分を見ることが出来ない。

私はこの詩が好きです。学校時代の遠い懐かしい記憶。一心に授業を聞く生徒達もその中にあってふと自分のもの思いに沈潜してしまう少年も、それぞれにどんな未来があるかは分からない。しかし今学校時代の少年の自分を回想している彼の現在はきっと惨めなものでないことが想像されます。少年に対する暖かい眼差しとそこへの郷愁があります。

私は丸山薫の「砲塁」(『帆船・ランプ・鷗』)のような初期の作品も好きなのですが。

先の大戦で戦災に遭われた丸山薫氏は、終戦の年(昭和二十年)の春から三年間、山形県西村山郡岩根沢という山村に疎開して村の小学校の教師をしておられました。どのような授業をしていらしたのでしょう。

先日調べ物があって一九六〇年の朝日新聞の縮刷版を読んでいましたら、「幼い素朴な魂を相手にしていたら詩が変わった」という丸山氏の談話が出ていました。

昭和二十一年の氏の詩集『仙境』に「北の春」という清新な響きのある作品があります。中学校の教科書などにも載っていましたので、皆さまもお読みになられたことでしょう。

十四　木曾の最期　平家物語

木曾左馬頭　その日の装束には　赤地の錦の直垂に　唐綾縅の鎧着て　鍬形打ったる甲の緒締め　厳物作りの大太刀はき　石打ちの矢のその日のいくさに射て少々残ったるを　かしら高に負ひなし　滋籐の弓持って　聞こゆる木曾の鬼葦毛といふ馬のきはめて太うたくましきに　金覆輪の鞍置いてぞ乗ったりける　鐙ふんばり立ち上がり　大音声をあげて名のりけるは　「昔は聞きけんものを木曾の冠者　今は見るらん左馬頭兼伊予守　朝日将軍源義仲ぞや　甲斐の一条次郎とこそ聞け　互ひによい敵ぞ　義仲討って兵衛佐に見せよや」　とてをめいて駆く

高等学校一年古文の入門で『平家物語』の「木曾の最期」を教えます。

「木曾の最期」の授業は私は先ず最初にクラス全員一斉の朗読から始めていました。

「小学校一年生みたい」と生徒達は不満たらたら。高校生になったのにと生意気盛りの年頃です。

私は意に介さず押し付けました。

一斉に読ませると早いのや遅れるのや様々です。それがぴたっと揃うまで読ませます。

『平家物語』は琵琶法師によって語られて来ましたから、自ずからなるリズムがあります。繰り返し斉読させているとそれが解ってきて、ぴたっと呼吸が揃うようになります。中には自分勝手のペースで読み続ける生徒もいますが注意はしません。どこで気が付くかで生徒の性質も頭の程度も解ります。時には一時間中「もう一度」と何度も繰り返して授業が終わる時がありますが、でも注意はせず、自ら気が付かなければ理解したことにはなりませんから。

『平家物語』の文章のそのリズムを体得させるのが朗読の目的でした。それに全員で朗読すると軍記物の勇壮な気分がおのずと伝わります。繰り返し読む中に暗誦できるようになればしめたもの。そして一字一句の間違いも無く読むと内容はしっかり理解出来るようになる筈だと思っていました。そんな私の授業に対して暗記主義と批判的な同僚もいましたが（解っちゃいないな）と若い私は心の中で。

そんな授業を続けて何年。

一九七九年『子午線の祀り』（作　木下順二）が上演されました。『平家物語』から題材を取ったこの作品は、新劇・歌舞伎・能・狂言・前進座等各界の人達を集めて、山本安英・宇野重吉・滝沢修・嵐圭史・観世栄夫・野村万作氏等が出演され、豪華なオールスターキャストでした。感動して何回も観劇しました。今はその方々の多くは鬼籍に入られて、このような舞台は望むべきもありませんが。

この劇で『平家物語』の地の文が群読されました。このお芝居が評判になったので、群読、群読と持て囃されるようになり、高校でも『平家物語』の授業に群読を取り入れられる方が多くなりました。（今頃気が付くなんて遅い遅い、こちとらはとうの昔から実践していましたぜ）密かににんまりする私。

「山本安英の会」が一九六八年に『平家物語』の群読の会を始めていますが、私が『平家物語』を一斉朗読させていたのは高校教師として赴任以来。向こうが真似をしたんじゃないのとの恐れ気もない自負心。慢心。

木曾殿はただ一騎粟津の松原へかけたまふが　正月二十一日　入相ばかりのことなるに　薄氷は張つたりけり　深田ありとも知らずして　馬をざつと打ち入れたれば　馬のかしらも見えざりけり　あふれどもあふれども打てども打てども働かず　今井がゆくへのおぼつかなさに　ふり仰ぎたまへる内甲を　三浦の石田次郎為久おつかかつてよつぴいてひやうふつと射る　痛手なれば真向を馬のかしらに当てて　うつぶしたまへるところに　石田が郎等二人落ち合うて　つひに木曾殿の首をば取つてんげり

この文章の場面は絵に描かせました。「国語の先生は絵も教えるんですか」と同僚の冷やかしを受けながら。年配のベテラン揃いの先生方にとっては、若い女教師が何をすることやらとはらはらされたに違いありません。美術の先生が絵の評価をしにきて下さいました。

私にとっては絵の上手下手は問題ではありませんのに。問題は文章を如何にきちんと読み取って理解しているかどうかです。

先ず第一に義仲の死に方です。果たして矢が首に当たっている絵が何枚もありました。義仲が射られたのは振り仰いだ内甲で額です。文章の上っ面を撫でて読み、文章をしっかりと理解していない証拠。

次に義仲と石田次郎のいる場所の位置。馬の頭も見えない深田に沈む義仲と田の畦に立つ馬上の石田次郎。

次に大将軍としての義仲の美々しい戦の装束が、泥田に塗れて汚れ果ててしまった無残な有り様。先に書かれた木曾殿のその日の出で立ちの装束を思い出して読むべき所です。

次に朝日将軍とうたわれた義仲の死が、夕日の山の端に入るたそがれ時であるという寒々とした光景が、「正月二十一日」と寒い冬の季節とも重なる表現描写の巧みさ。

次に武士は名誉ある最期を遂げてこそが武士の面目です。それなのに名も無い郎等に首をとられた大将軍義仲の武士としての無残な恥辱の最期。これは義仲の乳兄弟の今井兼平の最も恐れていた義仲の最期です。

これらの事をこの文章から読み取らせる事を主眼として絵を描かせました。即ち絵を描くことによって文章をより深く理解させ、行間から義仲の最期の無残さを読み取らせる事が目的でした。

「これを見たまへ東国の殿ばら　日本一の剛の者の　自害する手本」とて　太刀の先を口に含み　馬よりさかさまに飛び落ち　貫かってぞ失せにける

義仲の最期を知った今井四郎兼平の壮絶な最期。兼平は自分の死に方によって、主君義仲の大将軍としては無様な死の恥辱を雪がんとしたのです。

京の都を落ちた義仲と勢田の今井兼平がお互いの安否を案じつつ出会った、大津の打ち出濱の近くに、義仲のお墓を祀った義仲寺があります。

芭蕉はここの景勝を愛して度々訪れ、その遺言で芭蕉のお墓も義仲寺にあり芭蕉の弟子又玄の次の句碑があります。

木曾殿と背中合せの寒さかな　又玄

小さな寺庭には芭蕉自筆と伝えられる句碑

行春を近江の人とおしみける　芭蕉

や二十をこえる多くの句碑が建っています。

今井四郎兼平の最期の地と記した墓標が、かつて東海道線の車窓から見えましたが、東海道新幹線になってからは見ていません。

『平家物語』の義仲像は木曾の山猿の如く戯画化されて書かれていますが、そのモデルは中国の歴史書『史記』の項羽像にあるものと私は思います。授業では漢文の項羽像と義仲像との比較をさせ類似点を語りました。

十五　こころ

萩原朔太郎

こころをばなににたとへん
こころはあぢさゐの花
ももいろに咲く日はあれど
うすむらさきの思ひ出ばかりはせんなくて

こころはまた夕闇の園生のふきあげ
音なき音のあゆむひびきに
こころはひとつによりて悲しめども
かなしめどもあるかひなしや
ああこのこころをばなににたとへむ

こころは二人の旅びと
されど道づれのたえて物言ふことなければ
わがこころはいつもかくさびしきなり

高校三年生の教科書に載っている朔太郎の詩は「竹」が二編や「小出新道」「猫」（『おわあ、こんばんは』『おわああ、この家の主人は病気です』）等で教えていると疲れます。ですからそれらの詩の授業の後は、私の好きなこの詩を教えます。

雨の降り続く日、心の寂しい日に紫陽花の色は心にしみて印象深い。私は紫陽花の花を見ると何時も自然にこの詩を口ずさみます。そのせいか我が家の娘が一番先に覚えたのがこの詩だと言っていました。

私は色の濃い深い藍がかった紫の花が好きなのですが、そういう色を一言で何と表現したらいいか。相手には同じ色を想像することは出来ないでしょうし、言葉は不便なもの。

私の勤めていた高校では現代国語の授業は大抵一学年九クラスを三学級ずつ三人で分担することになっており、原則として二年生の現代国語を受け持っていた教師は三年生でも同じクラスを持ち上がることになっていました。ある年その学年の担任だった国語の先生が急にご病気もあって退職されたので、その学年には国語の教師がいなくなり、急遽その学年を二人で分担することになりました。私がそれまでの三クラスの上に二組増えて五クラスの担当です。

現代国語の五クラス担当は辛い。現代国語はその時の授業の具合によってクラスそれぞれ進度が違ってきます。文章理解の為の導入での余談・冗談は同じ事を二度言うと聞いてる方はお寒いでしょうし、そのクラスで喋ったかどうかの記憶もあやふやだと教師はつい言わずに進む。授業は勢いですから、そうすると授業は低調になりがちです。従って三クラスが限度です。

さて増えた級の中の一組の方はよかったのですが、問題はもう一クラスの方。私語も無く寝る人もいないのですが無反応。男子の数人は窓の外を向いている。私の授業だけではないとみえて、そのクラスの若い担任の先生は「僕の組お世話をおかけしています」と誰彼に無く言っておられ、私が職員室に戻ると「僕のクラスでしたか。ご面倒お掛けして」とおっしゃいました。

同僚のある方は「可哀相なクラスだな。自分たちで授業をつまらなくしていることに気が付かなくて」と言っておられました。

日中国交回復なって周恩来の「賠償はいらない。ただ反省してくれればよい」という言葉が報じられ、多くの日本人は感動しました。

その頃そのクラスの授業に嫌気がさしていた私は「周恩来はたった一言で多くの人を感動させて羨ましい。私も一生に一度でいいから多くの人を感動させる言葉を言ってみたい」と授業の時言いました。

その日の放課後の事でした。その組の担任の先生が学級日誌を見せて下さいました。「今日現国の先生が周恩来の事を羨ましいと言われたが、現国の授業で何時も僕等ははっと気づかされ、目を開かされて感動を受けている。毎日そんな授業をしている先生が周恩来の一言をどうして羨むことがあろうか」と書いてありました。それを書いたのは授業中何時もそっぽを向いて、私の言葉など一番聞いていないような生徒でした。あんな態度で毎時間過ごすように見えて、私の授業をしっかり聞いていたのかと胸が熱くなりました。

明くる日私が教室に行くと生徒の様子が今までと違っていました。そっぽを向いている人は一人も無く全員が授業に集中して取り組みました。それから後は他の組より弾んだ楽しい授業となりました。他の先生方からは相変わらず不評のクラスだったようでしたが。

私は何事にも好き嫌いを顔や態度に現さずに過ごすように心掛け、また表に出さない自信も持っていました。でも今まで（あーあ、またこの組の授業か）という私の気持ちがそのクラスのドアを開ける瞬間に、アトモスフィアとして発し、彼等は敏感にそれを感じ取っていたのではないかと反省しました。自分自身でも気が付かなかったそれが彼等との間に隙間を作っていたのではないか。学級日誌を読んだ後の私がドアを開けた時、彼等は瞬間に何時もと違う私を感じ取ったのではないか。

授業は教師と生徒で創りだすもの。お互いの丁丁発止の切り結びが無ければ成功しません。そっぽを向いている生徒を如何にしてこちらの手の中に引き入れるか。それが教師たるものの真剣勝負です。如何に彼等に考えさせる授業をするか。私はそういう努力をしながら授業をしてきました。一方的に教科書を教えるだけの授業はしませんでした。

その教材で何を考えさせるか。彼等が自ら考え自分たちで深く掘り下げて結論を出して行く、そういう授業が成り立った時、心の中で、やったあ！の凱歌。教師は適切な助言をして彼等に深く広く考えさせます。一方的に教え、生徒は従順に疑問も持たずに聞くというような授業はしませんでした。でも我ながらよく出来たと思える授業は一年間に何度あったでしょうか。授業はつくづく難しい。

「旅上」を読むと私は「青い背広で心も軽く／街へあの娘と行こうじゃないか」という流行歌の一節を思い出してしまうんです。作詞者佐藤惣之助の念頭に「旅上」はなかったか。

旅上　　萩原朔太郎

ふらんすへ行きたしと思へども
ふらんすはあまりに遠し
せめては新しき背広をきて
きままなる旅にいでてみん。
汽車が山道をゆくとき
みづいろの窓によりかかりて
われひとりうれしきことをおもはむ
五月の朝のしののめ
うら若草のもえいづる心まかせに。

「旅上」は誰方もご存じの詩でしょうし、旅の楽しみが溢れたこの詩に共感される方も多いでしょう。現在の新幹線ではこのような旅の楽しさが失われてしまったようですが。

昨夏、娘一家とのスイスの旅のあとで夫とパリに滞在して、七年ぶりに再開館したオランジェリー美術館で、ここでしか見られない私の好きなモネの睡蓮に再々会し、凱旋門までシャンゼリゼ通りをこの詩を口ずさみつつ、勿論「おおシャンゼリゼ」も小声で歌いつつ歩きました。歩き疲れて『凱旋門』等の舞台となったカフェで一休み。フランスは近くなり、ルイ・ジュベを思いつつ「北ホテル」を訪い、サルトルとボーヴォールのお墓にお参りしました。

十六　崖　　石垣りん

戦争の終わり、
サイパン島の崖の上から
次々に身を投げた女たち。

美徳やら義理やら体裁やら
何やら。
火だの男だのに追いつめられて。

とばなければならないからとびこんだ。
ゆき場のないゆき場所。
（崖はいつも女をまっさかさまにする）

それがねえ
まだ一人も海にとどかないのだ。
十五年もたつというのに
どうしたんだろう。
あの
女。

昭和十九年七月、サイパン島玉砕。当時サイパン島は日本の委任統治地でしたから、民間人も多く住んでいました。米軍の猛攻に遭って軍人・民間人の殆どが戦死しました。戦後まもなく公開されたアメリカ側の記録映画に、子供を抱えたり、何人か一緒に、または一人で、女たちがつぎつぎと崖から海へ落下して行く有様が撮されていますので、作者はその映像を見られたのでしょう。

この詩は太平洋戦争敗戦後十五年経ってから書かれた事が分かります。作者は多分記録映画を見てから十五年も経て詩にされたものと思われます。その十五年の歳月の間に、戦後を生きている女の生き方について感ずるところがあって、それが詩となったのではないかと私は思うのです。

この詩を初めて読んだ時、その最後の聯に衝撃を受けました。落下した女の体は海に落ちて死んだ。しかし追いつめられ飛びこまされた女の実体は死ねなかった。十五年経ても。確実に死んでしまったら「美徳やら義理やら体裁やら……男」等から解放されたのに。

死ねなかった「女」は未だに女自らの考え方を生き方を検証出来ずに、自分自身を解放出来ず。戦後十五年経てもなお「美徳やら義理やら何やら」そして男本位の社会やらの中に曖昧に生きている。それが女の生き方に考え方の中に残っていることを作者は言いたかったのではないか。「女」の魂は何処を彷徨っているのでしょうかと。

サイパン島玉砕をテーマにしながら、戦後の女性の生き方に視点を当てておられることが私の胸に響きました。「海にとどかなかった女」は過去の事ではありません。現在も男性本位社会に追随し、出世主義・有名主義の女性の何と多いこと。作者の指摘もそこにあるのではないかとも私は思うのですが。

またこの詩は他の視点から見ると「海にとどかなかった女」の怨念を、戦後の日本の社会が、十五年経て未だに受け止めることが出来ていない状況を、作者は改めて詩にされたのではないかとも思われます。

「崖」から飛び降りざるを得なかった女の悲しみを、自らの意志でなく死を強制された女の恨みを、真摯に受け止めていないこの国の在り方を告発されているのではないか。

戦後十五年は再び我が国の右傾化がますます進み、戦争の亡霊の影が濃くなりつつある頃です。一九六〇年は60年安保闘争、樺美智子さんの死のあった年。この頃この詩が作られたことを考えると、戦争によって死なざるを得なかった怨念が、未だに宙を彷徨っている「女」の無念の思いが読み取れます。

難しい言葉は使われていませんが、「崖」のこの恐ろしく凄味のある最終聯は、私に多くの事を考えさせます。

サイパン島の崖から女性が飛び落ちる映像は、一昨年も昨年もテレビで何度も放映されましたので、若い方々も御覧になり改めて戦争の残酷さを思われたことと思います。サイパンだけではなく多くの所で戦争によるこのような悲劇がありました。決して忘れ去ってはならない悲劇が。

これから先治る病気ではない、今までのような迫力のある授業は出来まいと、病気の為に教員を辞めようと私が決心した日の事でした。その日「崖」の授業を終えて教室を出ようとした時、そのクラスの担任の方がホームルームのために教室の前におられました。

その方の着ていらしたTシャツの胸にサイパン観光バンザイクリフと書いてありました。

私は教員をしている間、自分が良い教員であるとは一度も思った事はありません。努力はしましたが。私より優れた方の場所を奪っているのではないかと思ってきました。でもそのTシャツを見た時、初めて自分が教壇を降りるのを惜しいと、我が身の病いが悔しいと思いました。教壇にTシャツを着て立ち、玉砕の悲劇の地を観光して、バンザイクリフと印刷したTシャツを着て生徒の前に立つ無神経な男に、教壇を委ねるのは情けない。

今ここに至って我が身が教壇を去るのはしみじみ惜しいと我ながら痛切に思いました。

私の書棚に『田奈の森』という本があります。学徒勤労動員について調べている私の所に、ある日Sさんから分厚い原稿が送られてきました。それは間もなく学徒勤労動員体験を主とした『田奈の森』となりました。

昭和十九年六月、神奈川県の女学校三年のSさんたちは、東京陸軍兵器補給廠田奈部隊に勤労動員され、敗戦に至るまで一年二カ月働かせられました。

「そこは砲弾を製造する秘密工場で、毎日、手榴弾や歩兵砲・高射砲の弾丸を作りました。当時はお国の為にお役に立っていると誇りを持っていました。戦後三十数年経て、女学生のあの頃お国の為にとの祈りの気持ちで真心こめて作った弾丸は、敵も味方も傷つけ、あるいは死に至らしめていたのだと気が付いた」とSさんは書かれています。

「沖縄のひめゆり部隊の少女たちは、私の作った手榴弾で自決したのかもしれないのよ」とSさんは涙ながらに私に語られました。

私は故Sさんの自伝の部分も、本に出来なかったのは惜しいと思います。そこには長閑な人々の暮らしの中に次第に色濃くなっていく戦争の影が書かれてありましたので。

今年（二〇〇七年）文部科学省が教科書検定で、「集団自決」について「日本軍に強いられた」という趣旨の記述を削除させました。しかし現実に手榴弾を使って集団自決は行われました。手榴弾はスーパーマーケットで入手は出来ません。軍の管理下の手榴弾を民間人がいかにして持つ事ができたのでしょう。

戦時中「生きて虜囚の辱めを受けず」と戦陣訓で国民を鼓舞した総理大臣がいました。その為兵士のみならず多くの民間人も戦場で自決に追い込まれました。しかし陸軍軍人だったその総理大臣は敗戦直後には自決もせず、戦犯として逮捕される時になってピストル自殺を図って失敗し、おめおめと生きて虜囚となりました。

現在、東京陸軍兵器補給廠田奈部隊の跡地は「こどもの国」になっています。

十七　春

安西冬衛

てふてふが一匹韃靼海峡を渡って行った

ある夏志賀高原の木立の中の細長い池の畔を歩いている時、蝶が一匹池の上に飛んできました。黄色に黒い模様のある小さめな蝶でした。蝶は近くの岸辺の木立の方には行かずに、長い池の面をずっと飛んで行き、その小さな姿は遙か遠くに点のようになりつつ、池の上を渡って行きました。まるで何かの意志あるごとく池の中央を渡っていく様子を、この詩を思い浮かべつつ見ていました。

韃靼海峡はシベリアとサハリン（樺太）との間の間宮海峡のこと。タタール海峡ともいう。韃靼海峡の名称からイメージされる荒涼とした北の海。その果てしない海原を渡って行くたった一匹の弱々しい蝶。蝶は果して対岸に行き着くのだろうかという不安感。

「春」と題されている所に注目するとそこには青春の危うさや不安な思いが込められているように思われます。「渡って行った」と表現されたところに、もう見えなくなってしまった蝶が表されており、「渡って行く」と現在形で表現されていないところに注意して読まなくてはと思います。

馬　北川冬彦

軍港を内蔵してゐる。


詩集『戦争』に収められているこの詩は、革新的な詩の代表的な作品と言われていますが、様々に解説されている難しい作品です。

馬の内臓を軍港に譬えていますが、内臓の持つ暗さ、不気味さ、複雑さ、薄気味の悪さ、汚らしさ、陰惨さがイメージされませんか。

同詩集に収められている「戦争」という詩
「義眼の中にダイヤモンドをいれてもらったとて、何になろう。苔のはえた肋骨に勲章を懸けたとて、それが何になろう。（略）」

を読むと作者の批判精神のありかが解ります。

私は「馬」を読むと「トロイの木馬」を連想してしまいます。かつてトロイで木馬の体内をこの詩を思いつつ上りました。

「馬」は「春」と同じ昭和四年に発表されています。冬衛と冬彦とは共に詩誌「亜」を創刊していますが、この二人の詩精神の違いがこの二つの詩によってはっきり現れています。共に新しい詩を目指していてもその表現したい内容の違い。現代詩の持つ難しさがここにあります。短歌の世界でもまた同じです。

「土」はよく見かける光景ですからついうっかり自分の詩歌にそのまま取り入れて詠むと、万人周知のこの詩の単なる物真似になってしまいます。一枚の絵のようなこの詩には作者のどのような思いが込められているのでしょうか。

土　　三好達治

蟻が
蝶の羽をひいて行く
ああ
ヨットのやうだ

薔薇二曲　　北原白秋

一

薔薇ノ木ニ
薔薇ノ花咲ク。
ナニゴトノ不思議ナケレド。

二

薔薇ノ花。
ナニゴトノ不思議ナケレド。
照リ極マレバ木ヨリコボルル。
光リコボルル。

ここでは薔薇の詩の二曲とも記載しましたが、人口に膾炙していてよく取り上げられるのは一の方です。この詩を教えていた頃、巷では「ばらが咲いた／ばらが咲いた／真っ赤なばらが／さびしかった僕の庭に／ばらが咲いた（後略）」という歌が流行っていました。

夜の薔薇　　八木重吉

ああ
はるか
よるの
薔薇

天気　　西脇順三郎

（覆された宝石）のやうな朝
何人か戸口にて誰かとさゝやく
それは神の生誕の日

本当に短い詩。わずか十一音で俳句より短い詩です。この詩が四行に分けて書かれているところに注目すると、その言葉の間に込められた作者の思い、薔薇に対する感動が読み取れるでしょう。この詩を一行にしてしまうと単なる文章の断片になってしまいます。

西脇順三郎の第一詩集『アムバルワリア』（一九三三年）に収められています。「アムバルワリア」とはラテン語で「収穫祭」の意。

学生の時、当時出版されたこの詩人の詩集『旅人かへらず』のロマンチックな題名に惹かれて読みました。私はその頃戦災で中断していた詩らしきものを戦後また細々と一人で書いていました。暫くしてある日、大学から麹町二番町の自宅に帰宅の途中、四ツ谷駅の階段を上りながら、自分には確とした人生観も思想も主義主張もないことに気付いて、詩作も創作も殆ど止めてしまったのですが。
余談ながら四ツ谷駅の番町の方への出入口は、長い急な階段でした。東大の文学研究会の友人は「四谷怪談」と言っていました。今はどのようになっているのでしょう。線路の上に架かる橋の両側にはガス燈が並んでいました。

転任していらした先生の耳を見た途端にこの詩を思いました。暫くして会議の時に偶然私の前に座られてその方が、小さい声でこの詩を口ずさまれました。私は心の中を見透かされた心境。
ジャン・マレー主演、ジャン・コクトー監督の映画「美女と野獣」を年配の方なら覚えておられるでしょうね。コクトーは詩人です。

耳　　ジャン・コクトー

私の耳は貝のから
海の響きをなつかしむ
　　　　堀口大学訳

今回は有名な短詩を取り上げてみました。授業で短歌を教えるには苦労しました。教壇では私一人の感性が頼りなのですから。

最後に私としては省くことの出来ない詩をご紹介します。『闘牛』『猟銃』『楼蘭』『漆胡樽（しっこそん）』などで有名な作家井上靖の作品です。
戦争によって人は多くのものを喪失しました。愛するものを失いました。それでも人々は愛するものの帰還を長い間待っていました。ああ通常の道を通って帰って来られなかったものの慟哭。待ち続けた人の慟哭。

友　　井上　靖

どうしてこんな解りきったことが
いままで思いつかなかったろう。
敗戦の祖国へ
君にはほかにどんな帰り方もなかったのだ。
——海峡の底を歩いて帰る以外。

十八　冬の海から

小野十三郎

すでに
砲塔も
煙突もマストも
きりとられている。
しかしまだ三万九千噸の大戦艦の
赤さびた船体は
おびただしいかきやふじつぼに蔽われて水面下にある。
甲板には木製の防水壁が建てられ
舷側や艦底の浸水箇所はげんじゅうに防壁でかこまれている。
あとは揚水ポンプを動かし
浮揚タンクを結びつける仕事がまっているだけである。
準備完了！
波がしら白く立つ冬の海から

またもや巨大なる物のかたちが
浮びあがってくる。

（昭和二十七年十一月）

大戦艦の引き揚げ現場の光景が、冷静に克明に描きだされています。しかしこの詩は単にその現場の状況を描きだしただけではありません。この光景は何事かを物語っています。それは何か。

この詩の前半に描きだされているのは、海面下に沈んでいる巨大な戦艦の無残な姿ですが、それによって巨大で威圧的なものの無残なる末路を物語り、戦争というものの醜さと無残な有り様を読者に訴えています。太平洋戦争を知っている読者なら、今なお海底に沈んでいる我が国の多くの大小の戦艦の名を思い浮かべられるでしょう。

後半は大戦艦が引き揚げられ、徐々に水面に姿を現してくる経過が描かれています。だがそれは作業経過の単なる描写だけではありません。作者は余分な言葉は一つも使っておられませんが。「準備完了！」「またもや」という言葉によって、読者は突如として戦争復活のイメージを提起されるでしょう。荒涼とした冬の海から姿を現しつつある大戦艦の描写から、再び姿を現しつつある巨大な物の影。軍国主義の恐怖を読者に提起しています。『火呑む欅』（小野十三郎）に収められていますが、この詩集の発行年月に注目してみて下さい。

小学校四年生の担任の先生は何事にも熱心な方でした。日独伊三国同盟のその頃、先生は熱心な親独派でした。「第一次世界大戦で敗戦したドイツは軍隊を持てなかった。巷には失業者があふれていた。それで警察官を増員して訓練した。二十年後それは立派な軍隊になった。ドイツ人は頭がいい」とおっしゃいました。

女学校三年の夏太平洋戦争は敗戦に終わり、五年生のとき新憲法の授業がありました。戦争の放棄・将来にわたって軍隊を持たないことを若い先生は熱心に語られ、私は憲法九条を当然の如く受け止めました。戦争中私は連日の空襲・機銃掃射・艦砲射撃の後、焼夷弾攻撃で家も家財も一切を失い、戦後は着る物も無く食糧難に追われている日々でした。私はあの無残な戦争の苦痛や、主食でさえ遅配欠配続きで食べる物もない戦後の生活がやがて終わり、それらを再び繰り返さない世の中が続くようになるのだと嬉しく思いました。

戦災にあわなかった人たちやつらい経験をしなかった人など戦争の体験については人さまざまですから、痛切に感じていない人もいるでしょう。

新憲法の授業の憲法九条を聞きながら、私は小学校の時の先生のあのお話を思い出していました。敗戦後の街には失業者が多く、犯罪も多発しています。警察官の増員には条件が揃っている現在、我が国は何時警官の増員を始めるだろう。それが何時軍隊に変わるだろう。その時私にはそれを止める力があるだろうか。自分自身の目で物を見、自分の頭で判断し、それらを阻止する力、発言力を持つためには、私はもっともっと勉強をしなければならないと、その時私は痛切に思いました。
私の恐れは杞憂ではありませんでした。
昭和二十五年七月　警察予備隊創設
昭和二十七年十月　保安隊発足
昭和二十九年七月　防衛庁・自衛隊発足
こうして軍隊ではないという軍隊は、新憲法制定の後十年も経たないうちに出来ました。
そして戦後六十年を過ぎた現在、戦争の悲惨を知る人は少なくなり、戦力を行使する軍隊に変えようとしつつあります。原爆被爆者の友人からの今年の年賀状に「ババアは死ぬまで黙らないぞ」と書かれてありました。
「冬の海から」は保安隊発足の頃作られました。昭和二十五年頃からこの国の右傾化ははっきりとした形を現してきました。この詩は軍国主義復活への作者の恐れを現した作品ですが、作者の意見を具体的に語らず読者に示されている所が素晴らしい。生徒達にはそれを読み取り、受け止める力を持って欲しいと願って教えました。

大阪の女学校に在学していましたとき、卓球部の上級生に拝借して読んだ詩集の中に「葦の地方」がありました。
この詩は一枚の風景画のような詩です。しかし「ノジギクの一むらがちぢれあがり／絶滅する」に

葦の地方　　　小野十三郎

遠方に
波の音がする。
末枯れはじめた大葦原の上に
高圧線の弧が大きくたるんでいる。
地平には重油タンク。
寒い透きとおる晩秋の陽の中を
ユーファウシャのようなとうすみ蜻蛉が風に流され
硫安や　曹達や
電気や　鋼鉄の原で
ノジギクの一むらがちぢれあがり
絶滅する。

（昭和十四年四月）

は作者の鋭い冷徹な批評精神が込められています。そこにあるのは滅びゆく可憐な「ノジギク」に対する感傷的な哀惜ではありません。近代工業の巨大な発展にともなって、その陰で圧殺されていく小さな生物の営みを見据えている目があります。

小野十三郎はその詩論の中で「ひとみは精神より欺かれることが少ない」というレオナルド・ダ・ビンチの言葉を引いて「目は心よりだまされない。自分で物を見る。この目ほど確実なものはない」「物の考え方感じ方の革命はこの正確な目を所有することから始まる」と述べています。この詩論全体はなかなか難しくて教えるのにてこずりました。

「この詩の主題は、本来人類の福祉に貢献すべき重工業の発展とそれの現実の姿の対比を、近づいてくる戦争の危機の予感の中でとらえようとするところにあります」と作者は言っておられます。

この詩の収められた詩集『大阪』は昭和十四年に刊行されています。その頃私達は小学校読本で「大阪は水の都煙の都」と無邪気に習っていました。

「都の北の空高く／煤煙におう工業地／我が民族の明日の目を／開く学徒の集まりて／心を磨き身を練れる」昭和二十八年に私が初めて教員として赴任した学校の校歌の一節です。煤煙をにおうというのはおかしいと思いました。有名な方の作詞でしたけれど、きっと煤煙が人の身体にどんな影響を与えるか等とは考えもされずに作詞されたのだろうと思いました。公害問題等まだ一般には報道されていない頃でしたから。この校歌から私は物を書くことの恐ろしさを悟りました。自分の無知無思慮を披歴することになるのだということを。


「葦の地方というのは、私が居住している大阪市周辺にひろがっている重工業地帯の葦原のことです」と作者は述べておられますが、私には「葦の地方」は「豊葦原（とよあしはら）」を意味しているように思われますが、それは考え過ぎでしょうか。「豊葦原千五百秋瑞穂国（ちいほあきのみづほのくに）」とは。

戦後の日本の工業は急速に発展しました。

公害病が報道され始めた頃、この詩で作者の言おうとしている事に気づきました。

水俣病については大正一四年に漁業被害の補償問題が出ています。水俣病患者の発生確認は一九五六年。認定は一九六八年。この間に水俣病患者の発生は一九四二年頃からと調査されています。発生からその因果関係認定までの長い道程。その原因が分かるまでの患者や家族の苦しみ、原因となるものに気づき疑い調べる事の出来る人の出現は難しい。

「お魚さん、あなたのお家は何処なの。宮田川の川口のお家から今日たまたま会瀬の浜に遊びに来て捕まっちゃったのではないでしょうね」母が台所で鮃（ひらめ）に話していました。「お父様は鉱山の廃水が流れこむ川の河口付近の海のお魚は買わないようにとおっしゃるけれど、海には垣根も塀もないし、お魚は何処に棲んでいたか喋れないし、何時もの会瀬のお魚売りの小母さんを頼りにするだけなのよね。会瀬の浜で獲れたのは安心だから」と言っていました。

私たちが日立に住みはじめた頃でしたから私が小学校に入学する前後のことでした。

水力発電建設の仕事のなくなった戦時中、父は四日市に火力発電の仕事で会社から行っていました。戦後、四日市喘息が問題になって暫くたった頃、父は「四日市に行って見て、あんな所に住宅が立ち並んでいるので驚いた。火力発電所を造る時、あそこには住宅を建てないという約束になっていたのに」と言っていました。その頃もう少し話を聞いておけばよかったと後悔しています。

山頂から　　小野十三郎

山にのぼると
海は天まであがってくる。
なだれ落ちるようなわか葉みどりのなか。
下のほうでしずかに
かっこうが鳴いている。
風にふかれて高いところに立つと
だれもしぜんに世の広さを考える。
ぼくは手を口にあてて
なにか下のほうに向ってさけびたくなる。
五月の山は
ぎらぎらと明るくまぶしい。
きみは山頂より上に
青い大きな弧をえがく
水平線を見たことがあるか。

小野十三郎の詩集には載っていないこの詩を、中学校の教科書で教えた時、私は「葦の地方」と同じ人の作品かと戸惑いました。若々しい感動に溢れたこの作品を「冬の海から」等の授業の後で好んで教えました。

絶頂の城たのもしき若葉かな　　与謝蕪村

「山頂から」を読むたびに蕪村のこの句や「山の上」（小学一年生読本）を思い浮かべてしまう私は、この詩人からみると、まだまだ人から吹き込まれたいろいろな観念から抜け出せない、正確な目を所有していない人間ということになるのでしょうか。

十九　草田男・楸邨

焼跡にのこる三和土（たたき）や手鞠つく　　中村草田男

「空襲による焼夷弾爆弾で辺り一面焼け野が原の焦土。戦争は終わり新年が来ても人々も世の中も貧しく、正月飾りも無く晴れ着も無い正月だが、戦災の瓦礫の中に所々残っている平らな三和土で女の子が手鞠をついている」と語ったところで言葉が続きませんでした。作者はやっと平和な世の中になり、長閑に女の子が手鞠をつけるような世になった喜びを作品に込められ表現されたと思うのですが、私は手鞠に躓きました。女の子はどんな手鞠をついていたのでしょうかと。

太平洋戦争が始まった翌年二月、日本軍は英領シンガポールを占領して昭南島と改名し、

　輝く御稜威山に野に今こそ仰げ我が武勇
　ああ侵略の百余年ここに立ちたる敵性の
　ユニオンジャック影も無し
　　昭南　昭南　その名を誇れ

と人々は歌い緒戦の戦勝を謳歌していた頃、国民学校低学年の児童にゴム鞠の配給がありました。「戦地の兵隊さんから銃後の少国民への贈り物」ということで、男の子にはゴムボール、女の子には小さなゴムの手鞠でした。妹が手鞠を大切そうに抱えて帰って来た日の事をはっきりと覚えていますが、高学年だった私達は何を戴いたのかしら。

当時ゴムまりもボールも何処にも売っていませんでした。鞠つき遊びは出来ず、鞠つきのわらべ歌も歌われず忘れ去られていきました。こうして戦争によって古い歌や遊びの伝承も失われます。

昭和二十年の暮に疎開先から東京に戻った私の見た東京は茫々たる焼け野が原。我が家も戦災で焼失していましたから、祖母の知人の滝野川の別荘をお借りする約束でしたが、その家は多くの戦災者達に占拠されていてやっと一部屋と納戸をあけて頂きました。あちこちに闇市はありましたが、多分ゴムの手鞠は売っていなかったでしょう。闇市では靴底がするめで作られた靴を売っていたというほど粗悪品ばかりでしたから。

この句は昭和二十八年に教壇に立ったばかりの私が最初に教えた教科書に載っていました。それから今に至るまで私の心に残っています。多分この句は実景ではなく、作者は平和になった喜びの心象風景として幼い女の子が長閑に手鞠をついていると表現されたのではないかと私は思うのです。

昭和二十年は八月の終戦まで大都会のみならず地方の中小都市も焼夷弾攻撃で焼け野が原になりました。私は東日本大震災跡の惨状がテレビで放映される度に、あの空襲の頃にテレビがあって焼夷弾の戦災の惨禍が日本中の人々に伝わったらもっと早くに戦争をやめて、多くの都市の犠牲者はなかったのにと思わずにはいられません。そうすれば恐ろしい原爆投下の惨禍は避けられたはずです。

米軍の空爆は女子供非戦闘員皆殺しの作戦でした。町の周囲を囲んで焼夷弾を投下し、町の中心はガソリンを撒くという状況で人々は逃げ場もなく戦火の犠牲となりました。

「百聞は一見にしかず」と言いますが、同じ時期に日本に住んでいても直接空襲の惨禍に遭わなかった人にはあの恐ろしさは身に沁みてわからない。まして戦後生れの実体験のない想像力もない人達には想像のしようもない。だから軽々と国防軍と口にし、憲法九条改悪を声高に唱える物忘れのひどい老い人も出てくる。

一九八九年に私が戦時下に在籍した女学校の同期会の席で、戦争体験記録文集を作りたいと呼び掛けた直後、日立市の日立製作所日立工場で一噸爆弾の不発弾が発見されました。

そして今この稿を書いている二〇一二年一二月二三日にやはり同じ工場から一噸爆弾の不発弾が出ました。米軍による日立工場への一噸爆弾投下は昭和二〇年六月一〇日午前。米軍発表八百発投下、日本側記録は約五百発です。その差はまだまだ地下に眠っていやしないか。私達はその上に生活しています。何十年も経て未だ残る総毛立つ戦いの遺物。

次に中村草田男の句を三句。

萬緑の中や吾子の歯生え初むる
降る雪や明治は遠くなりにけり
冬すでに路標にまがふ墓一基

蝸牛いつか哀歓を子はかくす　加藤楸邨

この頃、いじめによる自殺、体罰による自殺という報道が続きます。それを聞く度に、楸邨のこの句を思います。

「幼い頃は悲しい事辛かった事嬉しかった事を父母に無邪気に話していた子供も、何時の間にか成長して、自分の心の中を親にも話さなくなってしまう。親は何時までも子供だと思っているが、蝸牛の歩みのように遅いと思われる子も成長し、何時の間にか自分の殻を持ち、喜怒哀楽を見せずに自分の世界を持つようになって」

子供にも自尊心があり、いじめられたり仲間外れにされたりしている惨めな自分を親にはなかなか打ち明けられません。自分一人で悩み苦しみます。


私達の子供の頃はいじめはなかったように思っていましたが、ある時小学校低学年の時の同級生だった方が「クラスの少し障害のある子を何人かでからかったことがあって、担任の先生に男子全員後ろに並べ、見てた人もいかん、と言われて全員が叩かれ、いけない事をしたんだなあと反省した」と話されました。

小学校を卒業して三十年以上たって卒業以来初めての同期会がありました時に、私の知らない方が「今日の出席をずっと迷っていたんです。小学校の時の事を思うと不愉快な思いをするだけだろうし、でもあの頃を思うと懐かしいし。入る勇気がなくて玄関の前を行ったり来たりしていたら、幹事のA君が『あ、S君』と飛んできてくれて、嬉しかった。僕の妹が進士さんの妹さんに仲良くして頂いたと懐かしがっています」と話されました。創氏改名の頃で途中から姓が変わったという方でした。

前に私はテレビの学校教育ドラマは害あって益なしと書きましたが、非行少年少女を先生が一生懸命矯正しようと熱中するドラマでは、その先生の熱心さに感動するよりも少年少女達はその非行のやり方を真似して、より残酷により卑劣により陰湿により暴力的に現実の非行行為の手口をエスカレートさせる事になるからなのです。かつ一人の生徒の矯正に先生が熱中しているとクラスの何処かにひずみが起こります。問題を起こす生徒も大人しい生徒も何か悩みを抱えています。今の生徒はクラスの一人一人が先生に見ていて欲しいのです。ドラマのように単純ではない。

大分以前の昔の事です。中学一年の少年がビルの屋上から飛び降り自殺をしました。優秀な方と伺いました。いじめ問題等まだ世に取り沙汰されていなかった頃の事です。その少年にどんな悩みがあったのかと思います。

次に加藤楸邨の句を三句。

鮟鱇の骨まで凍ててぶちきらる
雉子の眸のかうかうとして売られけり
木の葉ふりやまずいそぐないそぐなよ

二十　『無名者の歌』から

近藤芳美

夏草に友と夢みしサークル誌実現せずに受験近づく

岩崎与世夫

クラスの友達と集まって文学への思いを語り、「みんなでサークル誌を出そうじゃないか」「そうだ。しようぜ」と頬を輝かせて語り合った夏の校庭でのひと時。夏の日は輝き空には白い雲がぽっかり浮かび、夏草は青々として、木々の葉は微風に戦いでいた。高校生活はまだまだ続くように思われた日。だが瞬く間に夏休みは終わり、二学期に入ると友も自分もそれぞれ進路について考える時に追われるようになった。サークル誌はとうとう夢のまま実現しなかった。やがて卒業が迫り、友は皆それぞれの道に散って行ってしまう。還りこぬ日々への少し寂しい感傷が若々しく詠まれています。

昭和三十年頃の朝日歌壇への投稿歌という事ですから、クラスの大半が進学した時代ではなかった。社会はまだ貧しかった。しかし若い人たちには若い夢があった。

私の勤めていた高校には二つの運動場の間に小さな林があり、生徒達はそこを「なまけの森」と呼んでいました。そこで生徒たちと人生論や政治の事等を話しあったり、授業を抜け出して寝転んでいる男子生徒から失恋の悩みを聞いたりしたことがありました。

私は国語の教師でしたから、文芸部・新聞部等の顧問をしていましたが、私自身がそこに文章を書くことはしませんでした。『山月記』の「李徴」のような私の「臆病な自尊心と尊大な羞恥心」のせいでした。

退職して十数年した頃、昔の卒業生から同人誌を出していた仲間と久し振りで先生を囲んで集まりたいと連絡がありました。担任クラスの生徒ではありませんでしたが、私がその同人誌に寄稿していたというのです。「とってもいい文章だったので」と言いますが、どんな事を書いたのやらと不安。

集りの後に「先生があの頃と変わらず、背筋がピンとして凛としておられて、お目にかかれて嬉しかった」と皆からのお便りを頂きましたが。

その後暫くして書庫の整理の必要に迫られて整理をしていましたら彼女達の同人誌が出てきました。意外とましな私の文章じゃん。臆せず語るべき事は伝えておくべきだった。勿体ない時間を無為に生きたと後悔しきり。


寒風に吹き曝されて物売れり黄泉も凍らむ戦死せし子よ　　小川ひとみ

冬の寒い風の吹く中を日々の生計の為に行商をしている年配の、それも年老いた女性の姿が思われます。頼りにしていた一人息子を先の大戦の戦の庭に失い、一人行商をしながら生きる母。心も体も生活も寒い日々。この方の歌には度々朝日歌壇でお目にかかったと思いますが。

疑わず自爆せし子のむなしさが反戦デモに胸うづかしむ　上野　実

立ち並ぶ戦死者の墓標の霜被ぎ吾子も交れり骨なき墓標　藤範恭子

還り来んはかなき望み夢なりし八十路を瘦せて迎火を焚く　広瀬由松

昭和四十年代も半ばを過ぎて子を戦いに失った親たちも年老いました。「岸壁の母」という歌が再び流行ったのもこの頃でしたか。

征かせしは母の罪よと責めし児も母となりいて何思いいる　近藤ささへ

近藤芳美氏は児の父即ち夫を征かせたと解されていますが、これは児の兄即ち作者の息子ではと私は思います。下句から考えても。

二十年以上前の事でした。欧州各地への旅をした時のこと、ツアーでご一緒した年配のご婦人が「親が必死で止めるのに『僕は金鵄勲章を貰って親孝行する』と兄は特攻を志願して征ったの。教育は恐ろしいわね」と仰いました。その方は幼稚園の園長さんでした。

生きてあらば便りよ来ませ戦敗れ八路の看護婦に召され行きし娘よ　関沢清美

戦いに征きて還らざるは男性ばかりではありません。私達は少女たちの勤労動員の記録集を出してから十余年。その後に分かった事実も多く、今増補版を作っています。背骨の圧迫骨折の為に重い物を持つ事を禁じられている私には、分厚い重い私達の作った本を持ち歩いての作業は苦痛です。でも今しておかなければと。
　挺身隊として内地から満州の開拓農場や北満の鉱山に動員させられた女学校卒業生達。満州の女学校に在学していた生徒の中には従軍看護婦として動員された人もおられます。敗戦後の彼女達の事が気がかりです。

　この汀夫のねむれる海の果て還らぬ息吹きを求め手を触る　　松下トシエ
　海に征き海に果つると言葉のみ尚月明の窓に疑う　　宮沢喜代子
　こでまりは白く小さく山暮れて夫征きし日のこの道下る　　岡　豊子

夫を戦いで失った妻たちは戦後の混乱し荒廃した世の中をどのように生きていかれたのでしょうか。子供を抱えての厳しい日々の生活を思わずにはおられません。

　兄妹と知らず補導されし日もありき学生服に征きて還らず　　大島かづ子

　昭和十八年文科系学徒の徴兵猶予が廃止され、多くの学生生徒が学徒出陣して行きました。私達は「戦争と学徒の青春を考える会」を作っていましたが、ここ数年の間に会員の元出陣学徒の多くの方が長逝されました。
　現在の歌壇にはもうこのような戦争の歌はありません。そして軽々しく憲法九条改憲を声高に口にする政治家が多くなりました。そして若者たちの多くも九条に無関心。いかなる国となるのか。

汚染なきを必死に告げつつ売り歩くわれもわが荷も濡れてつめたし　赤尾きく

工業化されて国土は公害に荒れ、川も海も汚染され、魚の汚染が問題になりました。行商の小母さんの姿はこの頃とんと見かけなくなりました。しかし今なおお店で原材料の原産地名を確かめている我が姿があります。

炎あげ地に舞い落ちる赤旗に我が青春の落日を見る　道浦母都子

安保闘争・反戦運動・学園紛争、生徒たちに直接関わる歌が多くありました。

ここに挙げた歌は近藤芳美著の『無名者の歌』に載っている歌です。近藤氏は一九五五年以来、朝日新聞の「朝日歌壇」の選者をしておられた方で、『無名者の歌』はその選歌作品によって「民衆の心の内部」から、日々の生活の中の喜びや悲しみの跡を辿った「戦後史」を書いてみたいという意図のもとに一九七三年までの選歌作品から執筆された作品です。教科書にはその抄が載っていました。

この教材を取り扱った後に授業で実際に作歌をさせ、クラス全員の作品を選歌させました。数多くの生徒の作品を夜更けまで鉄筆でガリ切りした頃の、育児をしながらの若い我が身の努力も忘れ難くそれは未だに書庫に取り置いてあります。

二十一　日本武尊『古事記』

倭は　国のまほろば　たたなづく　青垣　山隠れる　倭しうるはし
命の　全(また)けむ人は　たたみこも　平群の山の　熊樫が葉を　髻華(うず)に刺せ　その子
はしけやし　我家の方よ　雲居立ち来も
をとめの　床の辺に　わが置きし　剣の大刀　その大刀はや

『古事記』

『古事記』の「倭建命」の中の御歌です。日本武尊はご東征の帰りに美夜受比売の許に草那芸剣を置いて伊吹の山の神を討ちに行かれ、山の神に打ち負かされて病になられます。一首目の歌は故郷倭を思われての国思(しの)ひ歌。二首目は、己の病の重さを悟った尊が、家来達に元気に故郷に帰って、何時迄も若々しく暮らすようにとの願いを託された望郷の歌。三首目は故郷の愛する家・家族を偲ぶ歌。四首目は死の床の尊が美夜受比売の許に置いてきた草那芸剣を思う歌。歌い終わってすぐに尊は神上(かむあ)がられました。

日本武尊は御父景行天皇の命によって、九州の熊襲建兄弟を征伐に行かれます。これを「倭建命のご西征」といいます。熊襲は元来南九州に勢力をふるった南方系の種族です。

先年鹿児島市から霧島に行く途中で隼人塚を訪ねました。元明天皇の時に熊襲の鎮魂の為に建てられたと伝えられる隼人塚は、三基の大きな石の五重塔で、周りを四天王像が囲んでいます。熊襲塚とも呼ばれています。


隼人塚夕立はやく御空より馳せくだる日に見るべきものぞ　与謝野晶子

こんな所にも晶子の歌碑がと思いつつ。私も見にいってよかったと実感。


『古事記』講義覚書「倭建命」

ここでは私が古事記の講義しながら「倭建命のご東征」の項で気が付いた事を述べます。

父天皇から東の国々・人々を平定せよと命じられた日本武尊は、御叔母倭比売命に「天皇は我を死ねと思われるのか。東の悪しき人々を平定せよと仰せられるのは」と泣いて訴えます。その時倭比売命から草那芸剣と御嚢（ふくろ）を賜ります。

ご西征の時には弱音を言われなかった日本武尊がこのように思われたのは、その当時の倭の人にとって倭の西の国々・人々についてはよく知られていて、当時の大和朝廷にとって東国は未知の種族の住む未知の国であった故と思われます。東国は地勢も分からず、種族も分からず、その勢力も計り知れずの地でした。

相武の野で欺かれて火に囲まれたのを、賜った御嚢と草那芸剣によって助かります。
走水海（はしりみず）を渡る時は海神の怒りを鎮める為に后弟橘比売命は海の中に入り給います。
「七日の後その后の御櫛海辺によりき」という描写は美しい。御櫛が浜辺に流れついたという描写によって、海に沈まれた后の死が美しく表現されています。『古事記』が文学作品として読まれるのはこのような描写の美しさにあると思います。

若い頃観音崎の走水神社を訪れました。

　さねさし　相武の小野に　燃ゆる火の火中に立ちて　問ひし君はも

の弟橘媛の歌碑が境内にあり、走水の海が一望出来ました。走水海（浦賀水道）を上総に渡り、船上で『古事記』の昔を偲びました。

日本武尊は東の国々を平定して帰途に尾張の国の美夜受比売の許にお入りになりました。
御東征の往路に
「尾張の国造の祖、美夜受比売の家に入りましき。すなはち婚（まくは）ひせんと思ほししかども、また還り上らむ時に婚ひせむと思ほして、期り定めて東の国に幸して」
とあります。美夜受比売の許に帰途に入られた時、「ここに美夜受比売、そのおすひの襴（すそ）に月経（つきのさはり）著（つ）

きたり」とあり、尊と比売の御歌の贈答があります。

ひさかたの　天の香具山　鋭喧にさ渡る鵠　弱細　撓や腕を　枕かむとは　我はすれど　さ寝むとは　我は思へど　汝が著せる　襲の裾に　月立ちにけり

高光る　日の御子　やすみしし　我が大君　あらたまの　年が来経れば　あらたまの　月は来経行く　諾な諾な　君待ちがたに　我が著せる　襲の裾は　月立たなむよ

日本武尊が東征の往路に、すぐ結婚しようとお思いになったけれど帰りにと契って結婚されなかったのは、美夜受比売がまだ結婚するには幼ない少女であった故からと思います。帰路に会った時に比売の着物の裾に月のものがついていたという描写は、少女に初潮があり、結婚するに足る乙女に十分に成長していた事を表す表現ではないでしょうか。

さてこの時代、女性は月のものの始末をどのようにしていたのでしょうか。現在のような生理用品のない時代にいかなる方法で処置していたか。私はこの文からこの問題に思い致さずにはいられませんが、そんな事に関する記述はどこにも残っていませんので察しようもありません。生理用品の十分でなかった時代には、自然に着物の裾にその汚れが付いたことでしょう。と考えると、昔から女性の身につけた緋色の袴、赤い蹴出し、赤の腰巻き等はその汚れを人目に付かないようにするためのものではなかったかと思います。

そんな大昔ではなくても、ついこの間までの女性たちが、月々の生理に如何に対処してきたかについても書かれているものはありません。女性の生理は恥ずかしいものとして人知れず処理され隠すものとされてきました。

『少女たちの勤労動員』の本の製作の為に私達が全国的に実態調査をしました時に、多くの体験談が寄せられました。その中に生理についての体験談が多くありました。

脱脂綿はおろか、ちり紙さえなかった戦時下です。新聞紙を使ったという方々がありましたが、それさえも手に入れ難かった少女たちは襤褸（ぼろ）布を使っては洗い、人知れず陰干しをして何度も使用したとありました。

生理帯もなかった当時、その処置の方法にもまた涙ぐましい体験が語られていました。

女性も産業戦士の一人として働かせながら女性の性は尊重もされず一顧だにされず、女性の生理については考慮もされず、当時少女達は自らの努力と我慢で耐え忍んだのです。

勤労動員当時の少女達は初潮期に当たりました。栄養失調と重労働で生理の止まった人も多かったのですが、生理の知識のない少女達は、無くてかえってほっとしたということでした。私達の世代に難産の方が多いのは戦時下のこのような体験によるものではないか。戦後になっても社会的にも医学的にも何らの検証もされていませんが、私はそれらは戦争の影響によるものと考えています。

戦争は多くの人々に、人に知られない惨さと犠牲を強制します。忘れ去られてはならない事なので、授業では常に生徒達にも語りました。いつもの如き脱線平にご容赦を。

日本武尊が伊吹山の神を征伐にいかれた時に、伊吹の山の神が大氷雨を降らして日本武尊を打ち惑わし正気を失わせます。

『古事記』にはこれは尊が悪しき言挙げをした故と言霊の霊力によると書かれています。

しかし尊が比売の許に草那芸剣をおいていかれ、剣を帯されなかった故に伊勢の大御神のご神霊の御加護がなかったので伊吹の山の神に打たれたことを示す文にもなっています。尊のご東征の今までのご成功は伊勢の大御神の神霊のお加護によるという『古事記』作者の考えが表されています。そこには又東国は未知の恐ろしい所との考えも示されています。

伊吹山は気象の変化の激しい所です。それを知らずに簡単に考えて備えなく登った尊は、その為に命を失うはめに陥ったのだと現代人の私は思います。

かつて小学校の地理の授業で、伊吹山の上空は乱気流で飛行機が非常に揺れるエアポケットがあると習いました。伊吹颪(おろし)の吹く関ヶ原の辺りは気象の変化が激しい所です。現在でも伊吹颪の気象変化の為に関ヶ原辺りで新幹線がよく止まります。天下分け目の関ヶ原という言葉の意味の中には、徳川家康と豊臣軍の戦いの結果を伝えるのみならず、そんな意味もあるかと。昔東国との境の不破の関があったのもまた何らかの意味があった故でしょう。

なづきの田の　稲幹に　稲幹に　匍ひ廻ろふ　野老蔓
浅小竹原　腰なづむ　空は行かず　足よ行くな
海処行けば　腰なづむ　大河原の　植ゑ草　海処はいさよふ
浜つ千鳥　浜よは行かず　磯伝ふ
この四歌は、皆その御葬に歌ひき。かれ、今に至るまでその歌は、天皇の大御葬に歌ふなり。

この四首の歌は、日本武尊が神上がりたまい、倭にいらした后たち御子たちが下りまして御陵を作り嘆き悲しまれた時の御歌です。

「今に至るまで……天皇の大御葬に歌ふ」とありますので『古事記』が書かれた時の頃までかと私は思っていました。

昭和天皇が崩御されて、一九八九年二月二十四日に御大葬がありました。その日御大葬の儀式のテレビ中継を見ていた私は驚きました。この四首の歌が奏せられたのです。

『古事記』に書かれた事は物語の世界の如く幼い頃から思っていましたので、『日本書紀』にも載っていないこれらの歌が、今日現在現実に奏せられるとは思ってもおりませんでした。早速、故事に詳しい友人に電話して、御羽車に従う幡等に描かれた絵等について、実況放送さながらに解説しあいながら、御大葬の列を見送り、昭和に別れを告げました。

三重の能煩野で神上がられた日本武尊の御陵を后達が能煩野に作りましたが、日本武尊は八尋白千鳥となって御陵より飛び立ち、河内の志幾に止まり、そこに御陵を作り白鳥の御陵と名づけたが、また天に翔りて飛び行かれたという。故郷を恋いながら遂に倭に帰れなかった日本武尊の魂は今も天翔けておられると思うと、悲劇の英雄の末路とその孤独な魂の切なさが胸に迫ります。

『古事記』の倭建命のお話は国見歌や民謡風な歌謡を取り込んで歌物語のように構成して抒情豊かな作品となっています。『日本書紀』とは異なる文学性の高い作品になっています。ちなみに『日本書紀』によると日本武尊の亡くなられた時は御歳三十とあります。

英雄の没年が三十歳と言う話が日本の古典も中国のにも多い事に私は気にかかり調べています。

第七章　白秋は病と共に

一　誘っているると思われるのはいやだわ。

我がやどの梅咲きたりと告げ遣らば来と言ふに似たり散りぬともよし

古歌
（『万葉集』巻六　一〇一一）

この歌は詞書に「冬十二月十二日、歌儛所の諸王臣子等、葛井連広成の家に集ひて宴せる歌二首」とある中の一首です。前詞はやや長いので省略しますが、趣意は「おのおの古い歌いざまに同調されたい」と結ばれていますから古歌を奨励し、「読人知らず」の歌を開陳したものでしょう。

奈良時代には梅は珍しい木と珍重されて主に貴族の邸宅の庭に植えて賞でられました。万葉集巻五には太宰帥大伴旅人の邸宅での梅花宴で梅花の歌三十二首が載っています。

万葉の梅花三十二首講義して梅の香かをる道を帰りぬ　（郁）

梅を貴ぶ風は平安の頃もまだそうであったらしく思われますのは、『源氏物語』では女三宮が梅に譬えられていますが、この方は帝が大切に育てられた皇女です。

さてこの歌は「私の家の梅が咲きましたよとあの人に便りしたら、まるで私の所にいらっしゃいと誘っているように思われるでしょう。あの人にそんなように思われるのは嫌だわ。そう思われるくらいなら散ってしまってもいいわ。私一人で眺めて楽しみましょう」という歌です。訪れも途絶えがちな男に「お出で下さい。お待ちしておりますのよ。なんて絶対思われたくないわ」と思う女。さだめし誇り高い女性と思われます。私はこの歌大好きです。同じ万葉集巻八に

我が背子と二人見ませばいくばくかこの降る雪の嬉しからまし　　光明皇后

「藤皇后、天皇に奉る御歌一首」と詞書にあります。「貴方がいらっしゃらなくてつまらないわ。一人で見るなんて。趣深く雪が降っていますのに」という可愛らしい歌。

「宿の梅」の作者にも「美しい梅の花を貴方と一緒に見たいわ」という気持ち無きにしも非ずでしょう。でも言わず凛と生きていたい女性。光明皇后の御歌にはお傍に侍る女多き天皇への怨みの思いも無きにしも非ずとも考えられます。正直に言っちゃったのね。

月夜よし夜よしと人につげやらば来てふに似たり待たずしもあらず　　読人しらず

古今集巻十四恋歌四に載っている歌。

女性の詠める歌と解すれば正直な歌です。

しかし私はこの歌を読むと有名な賈島（かとう）の詩の一節「僧敲月下門」を思います。「このような月の美

しい夜誰か訪れて来ないかしら。そうしてお互いに詩を詠み合ったら楽しいだろうに」と同好の友の訪れを心待ちする男。そしてまたつい私はこの漢詩も思い出されるのです。

尋胡隠君　　高　啓

渡水復渡水　看花還看花
春風江上路　不覚到君家

わが庵は三輪の山もと恋しくはとぶらひ来ませ杉立てる門　　読人しらず

同じく古今集に載る歌。大学の演習で伊勢集をお習いした時に、

三輪の山いかに待ち見む年経ともたづぬる人もあらじと思へば　　伊勢

の本歌としてお習いしました。その時の先生のお声が年経た今もなお耳に残っています。卒業して暫く年を経て伊勢の歌を見つけて先生にお便りしますと「思いがけない所に残っているのですね」とお手紙をいただきました。その頃先生は伊勢集の研究をしておられました。その後お励ましのお便りをいただきました。

「わが庵は」の歌は随分古い歌ではないかと思われます。三輪山の麓や山野辺の道を歩くと「とぶらひ来ませ杉立てる門」と口ずさまれます。この歌を思うと自然に思い出される歌があります。

恋しくば尋ね来てみよ和泉なる信太の森のうらみ葛の葉

安倍保名の助けた狐が女性の姿になって保名の許に現れ、保名と契り子供をもうけますが、正体を知られて姿を消す時、子供にこの歌を残して去ったということで、その子は後の陰陽師安倍晴明と伝えられている伝説があります。「恋や恋、君中空になすな恋」（「保名」）。

大阪の女学校にいた頃、上町線で住吉公園からの通学でした。沿線には安倍晴明神社・阿倍王子神社（熊野九十九王子の一つ）・阿倍野神社（北畠親房・顕家父子を祀る）・松虫塚・帝塚山とゆかしい所が多く、帰りは途中下車して訪ね歩きました。そして終点駅傍に住吉大社。往きは超満員の乗客で車外乗車の電車もお昼は乗客私一人のお召列車のよう。ひたすら本を読んでいました。

葛之葉稲荷まで尋ねたこともありました。焼跡続く街食糧難着る物学用品等も何も無い戦後の日々なのに心は暇だったのね、若き日は。

恋しけば来ませ我が背子垣内柳末摘み枯らし我立ち待たむ　　万葉集巻十四　東歌

「柳の枝先が枯れてしまうくらいに摘み続けて」と簡単に解されていますがそれでは待つ女の情景が具体的にわからない。「末摘み枯らし」には諸説あります。犬養孝氏は「いらいらと待つ人の無意識の動作で、人々の身に覚えのあることを詠みこんだ民謡らしさ」と解されますが、それでは歌はつまらない。

柳の枝先を折り取ってその枝先の葉を「来る、来ない」と取って（現在の花弁占いのように）貴方のお出でを待っていますと解すると、いかにも恋人を待つ少女の初々しい情景が見えるように、私には思われるのですが。恋人が来るまで柳の枝先を折り取っては「来る、来ない」と繰り返し、葉を散らしながら待ち続ける少女の姿を想像すると可愛い、と思われませんか。

以上恋人の訪れを誘いたい歌を連想ゲームの如く書きましたが、次はずばり誘う歌。

　薫る香によそふるよりは時鳥聞かばや同じ声やしたると　　　和泉式部

愛人為尊親王が亡くなられて明け暮れ歎きわびつつ暮らしている和泉式部の許に、小舎人童が今は故為尊親王の同母弟の敦道親王の許にお仕えしているとて、敦道親王からの言伝てとて橘の花を持って来ます。

　さつきまつ花橘の香をかげば昔の人の袖の香ぞする　　　古今集　読み人しらず

花橘といえば、言わずともこの古歌をふまえてのこと。そこで和泉式部の返歌。

この歌は「聞いてみたいわ。貴方の声を」と。言うまでもなく「いらっしゃいな」との積極的な誘いの歌。「ばや」にご注意。

学生時代の論文を和泉式部の歌集だけに限定して、和泉式部日記を外しましたのは、冒頭のこの歌で私の考える式部像とは違うと思ったからでした。和泉式部日記は栄華物語や大鏡に書かれた恋多き和泉式部の話をもとにして、好色な和泉式部像を彼女の歌を組み込んで作った後人の作で、和泉式部自身が書いた作品にしては品がなさすぎる。彼女が書いた作品とは私には思われないのです。

やは肌のあつき血潮にふれも見でさびしからずや道を説く君　　与謝野晶子

テレビから女優がこの歌を嫌な声で棒読みしている声。嫌だなと思って見ていると、突然「口説きなさいってことよ」と。嫌なコマーシャルと思いながら聞いて二、三回。

ある日オオっと。単純な私は晶子が若い美男子の僧を見て客観的に作歌したとのみ思っていましたが、そう言えば与謝野鉄幹は僧籍の人。この歌は晶子が鉄幹に初めて会った頃に詠まれた歌。ともあれ私の好きな晶子の歌像は無残に打ち砕かれて。あーあ。

二　末の松山

君をおきてあだし心をわが持たば末の松山波も越えなむ　古今集　東歌
浦近く降りくる雪は白波の末の松山越すかとぞ見る　藤原興風
契りきなかたみに袖をしぼりつつ末の松山浪こさじとは　清原元輔
浪こゆる頃ともしらず末の松山まつらむとのみ思ひけるかな　源氏物語
思ひいでよ末の松山すゑまでも浪こさじとは契らざりきや　拾遺愚草

二〇一一年三月十一日午後二時四十六分。

机に向ってノートを開いた途端に突然の大揺れ。背後にある大きな飾り戸棚の金具の把手が扉に烈しく当ってガタガタと大きな音をたてて鳴り響き今にも倒れてきそうです。これが倒れかかったら逃げようと思いつつ支えていました。その時間の長かった事。後に東日本大震災と名付けられる大地震・大津波でしたがまだその惨状を知る由もない時でした。

大揺れの間に昭和二十一年の十二月に大阪で遭った南海大地震を思い出していました。その時は未明の大地震で、目覚めて地震と気付いた時には畳は波打ち歩く事が出来ません。二階に寝ていましたので這って階段に辿りつくと階段が動くので頭を下にして這い降り、やっとのことで家の向いの空き地について見ると家は左右に大揺れ。我が家の屋根が揺れる度に右隣の屋根にぶつかったり左隣の屋根にぶつかったりします。家々が一斉に同じ方向に揺れないのを不思議な思いで見ていました。あの時は戦災に遭って家財を一切合切失った後でしたから箪笥も机も家具は何もありませんでしたが、今現在のこの部屋に物の多い事。

揺れがもっとひどくなってそれぞれの家具が倒れたり飛んで来たりしたら無事に逃げられるだろうか。飾り戸棚を支えている間にそんな事を思いました。震源に近く被災された方は考えるゆとりもなく命の問題に直面されたでしょうから、そんなことを考える余裕のあった事は感謝しなければならない事でした。

南海大震災はマグニチュード８・０で津波もありましたので、死者・不明者も多く被害も大きかったのですが、敗戦後の混乱した社会の中では大きく報道もされませんでした。あの頃救援物資なんてあったのでしょうか。敗戦後の食料事情も悪く衣類も己の着るのに精一杯だったあの頃、地震による直接的な物質的被害のなかった私達ですら食べる物もなく、衣類はアメリカのララ物資を貰っていた時代でしたから、被災された方々はその後の日々をどうやって暮らされたのでしょうか。

さて二〇一一年三月十一日の地震の揺れが収まってテレビを見ると、東北地方太平洋岸の大地震で大津波警報が出ていました。

物凄い大津波をテレビの画面で見た瞬間に「末の松山」の歌を思いました。「末の松山」を波が越えたかと。

冒頭の昔の和歌には「末の松山」は単なる歌枕の地として取り上げられていますが、古は「末の松山」を波が越える大津波があったのではないだろうか。長い歳月を経てその事実は忘れられ歌枕の地として伝わったのではないかと私は長い間思っていました。

昭和二十五年の夏休みに大学のクラスの有志で「奥の細道」の旅をしました。演習の授業で『奥の細道』をしていましたので、先生もお誘いして行きました。当時は簡単な旅館も無くまた懐も寒かった私達は女学校の寮や保健室・応接室に泊めて頂いたりしました。厚かましくも「女性が当山に泊まるのは開山以来」と和尚さんのおっしゃった瑞巌寺にも泊めて頂きました。

多賀城址・壺碑（つぼのいしぶみ）を見学し、野田の玉川・沖の石・末の松山と歌枕の地を訪ねました。

「それより野田の玉川・沖の石を尋ぬ。末の松山は寺を造て末松山といふ。松のあひあひ皆墓はらにて、はねをかはし枝をつらぬる契の末も終はかくのごときと悲しさも増りて」

と『奥の細道』にあります。芭蕉は

夕されば汐風こしてみちのくの野田の玉川千鳥鳴くなり　能因法師

我が袖は汐干に見えぬ沖の石の人こそ知らね乾く間もなし　二条院讃岐

と同じように末の松山も歌枕の地として尋ね、「君をおきてあだし心をわが持たば」等の歌を思って、松山の裏の墓々を比翼連理の愛の契りの末も時経れば無残に荒れはてた跡を残すのみと感慨に耽ったものと思われます。津波でそれらの墓が倒れたとは思わずに。

末の松山には次のような話が言い伝えられていると聞きました。

「昔八幡の里に千軒ほどの家があり、その里に酒屋があってきれいな娘がいたので若者たちはその娘を目あてに酒屋に通った。そこに猩々も通ってきた。猩々は酒代の替わりに毛を一本置いていった。娘は猩々に愛想がよいので若者たちは猩々が来なくなれば自分達にも娘の愛想が良くなるかと思い猩々を痛めつけようと相談した。その事を娘に伝えた者がいて娘は猩々に話した。それを聞いた猩々は体の毛を掻き毟って娘に渡し、何時何時の日の何の刻に津波が来るから渡した毛を持って末の松山に逃げろと言い姿を消した。娘が両親にその話をすると『動物は天変地異に敏感だからゆるがせに出来ない』と猩々の言った晩に親子共々末の松山に駆け上った。その晩に津波が来て里は波にのまれてしまった」（因みに猩々とは中国の伝説上の動物で、日本では酒好きの全身真っ赤な海中の妖精で、謡曲に『猩猩』があります）私の本棚に奈良一刀彫りの猩猩が飾ってあります。

冒頭の歌の第一首目は東歌ですから末の松山には波は越えないという事実を前提に歌われた民謡に

よるものではないかと思われます。それが時代を経る中に元の事実は忘れられ単なる恋の歌枕となったのでしょう。

授業で柳田國男の作品を取り扱ったので三陸の海岸沿いを幾度も旅しました。田老の海岸の高い防潮堤を見ました時にはこの高さまで波が越える事もあるのかと驚きました。

陸前高田の広い砂浜そして広い松原。この度の大津波はその砂浜も松原も幾万本の松の木々も薙ぎ倒して押し寄せました。

私達が美しい風景と見て通る海岸の松原もかつては高波の対策の為であった事に改めて気付きました。三保の松原も大阪浜寺の白砂青松の海岸も。天橋立の長い松林も故なくしてはあの景色は出来なかったものと思われます。私達の身の周りの物は先人の経験や知恵や努力によって出来た物でしょう。テレビに「此処より下の地には家を建てない事」と刻まれた古石碑の画面が映っていました。そしてこの度の津波はその石碑の手前まで止まっていたということでした。

東日本大震災による惨状に、戦時下の空爆による無残な戦災の焼け跡を、原爆投下後の惨状を重ねています。共に忘れてはならぬ事。私達は永遠に語り継ぎ言い継ぎいかねばならぬと切に思います。

三　過ぎに過ぎゆくもの

行く水と過ぐるよはひと散る花といづれ待ててふことを聞くらむ　伊勢物語

伊勢物語の中に「たとえ有り難いことを実現させることが出来ても、相手のことが信頼できない」と詠み合う男女の贈答の一連の和歌があります。学生の頃は何の気無しに読んでいましたが、今回講義しながら最後の五首目のこの歌に心が止まりました。

ちなみに前四首は

鳥の子を十づつ十は重ぬとも思はぬ人をおもふものかは　(紀友則に類歌)

朝露は消えのこりてもありぬべし誰かこの世を頼みはつべき

吹く風にこぞの桜は散らずともあな頼みがた人の心は　(白氏文集の詩による)

行く水に数かくよりもはかなきは思はぬ人を思ふなりけり　(万葉集に類歌)

伊勢物語の中のこの歌は贈答歌ですから前の四首に関連して「流れゆく水と日毎に過ぎ去る年齢と散る花と、どれが待てという言葉を聞き入れてくれるでしょうか。人の心も同じことで止まりません」と解されます。

しかしこの度私には「流れ行く水、過ぎ行く齢、散る花、この世でどれが待ってくれるでしょうか。どれも待ってはくれません」と解されて心に深く響きました。帰り道繰り返しこの歌が思われて、私も齢を経たものと感じました。伊勢物語のまた別の段に

おほかたは月をもめでじこれぞこのつもれば人の老となるもの

という歌もありしみじみ身に沁みます。文学作品は齢を経るに従ってこの様にまた新しい発見があるので読み返す楽しみがあります。講座の方々もそれ故に聞いて下さるのでしょう。

翌週のコーラスの後で（女学校の私達のクラスは月に一回コーラスをしています）お友達から「Mさんから伺ったのですけど、進士さんのお友達で京都で織物会社の社長さんをしていらしたKさんお亡くなりになったのですってね」と伺って私は言葉を失いました。

戦災に遭って無一物で疎開した福井の田舎の女学校で私は同級生のKさんと親しくなりました。すらりと背の高い美人で成績も優秀、運動も得意な健康な優しい心の方でした。

セーラー服だけは母の帯芯で作った救急袋にいれて持って逃げたので有りましたが、学用品は無く自作のノートと鉛筆一本を持っただけの通学でした。その学期の全優の通知表の図画の欄一つだけに「可」とあります。図画用紙もなく絵の具も持っていませんでしたので一つの作品も提出しませんでしたから先生も評価のなさりようもなかったのでしょう。最初で最後の「可」の評価のついた通知表を私は長い間私の汚点のように思っていましたが、今は戦争の形見として大切に持っています。

今考えると学用品のないことを先生にお話しすれば何とかなったかと思いますが、その当時の私の心にはそんな余裕はありませんでした。世の中総てに対しての怒りを抱いていましたから。それに学用品も売っておらず、お弁当箱さえ手に入らない世の中でしたから。

三年生の九月から十二月までたった一学期間の在学でしたのに、同級のお友達とは親しくしていただいて、東京に転校してからも多くの方からお手紙の往来はあり「丹生高女の歌姫、進士さんへ」と書かれたものもあり、今も私のお大事箱に。そんな女学生の手紙にも占領軍に開封された検閲印があります。

大学、就職、結婚、子育てと忙しく日々が過ぎ、皆と疎遠になっていたある日、クラス会の通知がKさんから届きました。やっとあなたの住所が分かったとのお便りと共に。

クラス会の前日、芦原温泉の開花亭（祖父の定宿でした）でお会いして、学制改革の頃の丹生高女の事、Kさんのその後の波瀾多き過ぎ来し方を伺いました。その時でした。私の東京の女学校の同級生のMさんとKさんが赤十字看護学校からの親友と伺ったのは。

何の関係もなさそうな福井の田舎と東京の有名女学校のお友達が親友とは。何処にどんな繋がりがあるか分からない、恥のある日々は送るまいと思いました。

その後も芦原温泉でお会いしたり、越前海岸をドライブしたり、京都の会社をお訪ねしたり。京都で十六夜の月を見ながら一献傾けたのが二人で語った最期になろうとは。

コーラスの帰り我が家の入口まで来たら、ふいに「若き日はや夢と過ぎ」と口をでました。

オールド・ブラック　ジョー

緒園涼子訳詞

一　若き日はや夢と過ぎ
わが友みな世を去りて
あの世に楽しく眠り
〽かすかにわれを呼ぶ
オールド　ブラック　ジョー
われも行かん　はや老いたれば
かすかにわれを呼ぶ
オールド　ブラック　ジョー

二　などてか涙ぞ出ずる
などてか心は痛む
わが友はるかに去りて
〽繰り返し

三　楽しき心かえらず
浮かぶはわびしき思い
いこいの夢じにさえも
〽繰り返し

フォスター作曲作詞のこの歌には多くの訳詞があり私の好きな歌です。私はこの題の意を幼い頃「老黒人嬢」と思っていましたので年老いた黒人の奴隷のオールドミスの物語を創作したりしました。戦後は「若き日はもう二度とない／綿を摘んだ仲よしたちも／神様のいるあの空で／やさしい声でおらを呼ぶ」（野上彰）と訳詞されたりしています。

歌を歌いながら階段を上っていると涙が零れました。家に入ると福井の友達から電話がありました。

「Kちゃん亡くならはったんやて。聞いてはる」と。

Kちゃん Kちゃんと皆の信頼の厚かった人。宴会では「いっちょらい」を歌いながら踊り宴を盛り上げていた人。「私の目の黒いうちは会社に日の丸をあげないようにと社員達に言っているのよ」との幼い頃父上を戦で失われた彼女の言葉。差別を書いた壺井繁治の詩を教えて下さった人。礼儀正しく気配りの有る彼女の会社の社員達の態度。彼女の社員教育がいかに行き届いていたか等などを思いだしつつ。Kさんのご冥福をお祈りしました。

昨日と同じに今日があり、今日と同じに明日があるように思って過ごしていますがその日々の過ぎ行くことの何と速いと思うこの頃。

枕草子に

　ただ過ぎに過ぐるもの　帆かけたる舟　人の齢　春　夏　秋　冬

とあります。枕草子には清少納言の才気が溢れていますので若き日の手になったものと思われがちですが、こんな段を読むと人生経験豊かな老年の作かとも思います。学生時代には何とも思わずに読んだものが身に沁みます。

逢坂山に髪は枯れ薄の穂のような老婆がいて、それが清少納言の成れの果てなどという話が伝えられていますが、立派な子息も孫もいますからそれはそれ、たんなるお話です。

四　秋の夜の会話　草野心平

さむいね。
ああさむいね。
虫がないてるね。
ああ虫がないてるね。
もうすぐ土の中だね。
土の中はいやだね。
痩せたね。
君もずゐぶん痩せたね。

どこがこんなに切ないんだらうね。
腹だらうかね。
腹とつたら死ぬだらうね。
死にたかあないね。
さむいね。
ああ虫がないてるね。

晩御飯が済んで娘の家から隣の我が家に帰ろうと我が家のポーチに立った時でした。澄み切った夜空に高く、丸い月が冴え冴えと輝いていました。きれいなお月様と暫く立ち止まって見上げていました。ふと見ると私の足元に蟋蟀らしい虫二匹が並んでいます。虫達も月に見惚れて、それはあたかも二匹で、きれいな月だね。
本当にきれいな月だね。
夜空が澄んでいるね。
秋ももう深くなったね。
そうだね。だいぶ寒くなってきたね。
寒さが身に沁むようになったね。
虫の声も大分少なくなったね。
もうじき冬がくるんだね。
冬の来るのはいやだね。
そろそろ家に入ろうか。
夜もすっかり更けたね。

とお話をしているように思われました。美しい月に虫も感動しているのだなあと、私は感傷に浸って月を見ていました。暫くすると二匹の虫は並んで動き出しました。私も家に入ろう肌寒いし。二匹の虫は我が家のドアの方へ向かっていきます。彼等がドアに到着した時私ははっと気が付きました。蟋蟀とばかり思っていましたが、その虫はゴキブリ。玄関のドアは鉄の扉でぴったりと閉っているはずです。なのに扉の下に入った二匹の虫の姿は見えなくなったではありませんか。私は急いでドアを開けました。ゴキブリは玄関の床を通って今まさに上り框に差し掛かった所。電光石火、一発必中また必中。我ながら早業。玄関の鉄の扉の下を通り抜けるなんて夢にも思いませんでした。ぴったり閉るものと思っていましたから。ほんの少しの隙間も通り抜ける事が出来るのですね。この家には本と私のベッドしか無く、食料品は置いてありません。「御器かぶり」の意味がよく判りました。

さて現実に引き戻された私は、先程ポーチで月を見ながら心に浮かんだ言の葉は何処かで聞いた覚えのある詩と似ているなと思い、草野心平の詩を思い出しました。

この心平の詩は蛙の会話です。心平には蛙を詠んだ歌が沢山あります。

孫が保育園に行くようになると、子供の流行り病に感染したりします。そんな時娘から遠慮がちな声で休園する孫の子守りを頼みたいと電話がありました。病気なのに色んな仕事もしている母親には都合があるだろうと頼み難く、また自分が働いているからといって軽々しく親頼りをするのは親に負んぶに抱っこで自立心のない女性職業人。そういう生き方をしたくないという自侍心を娘は持っていますから、頼みの電話をして来るのはよくよく切羽詰まった時です。私も娘の心情を心得ていますから快く引き受けていました。

その頃朝六時過ぎ頃に電話のベルがなると「電話がリンと鳴りゃたてがみピン、祖母さんしゃっきりお目覚めで」と歌って自分を鼓舞しました。私は低血圧で朝に弱い。朝の血圧90です。

孫が小学校に入学した時、毎日学童保育に行く孫に級のお友達と一緒にお喋りしたり道草をくったりして帰るという自由な時間を週に一日でも持たせてやりたいと思いました。

娘が小学校に入学した頃は学童保育なんて無く、彼女が保育園の頃から私達は学童保育を作る運動をしましたが、社会の理解は得られず。小学校の校長に陳情しにいったら「学童保育って何ですか」と言うしまつ。各々が個人的に解決するしかなく、そのくせ放課後両親のいない家に一人で帰る子を「鍵っ子」という呼び方が当時社会に流行りました。幸い私の大学時代の親しい後輩が近くにお住まいで、その方が私の娘を預かって下さいました。またその頃都立高校の教員には週に一日研究日がありましたので、その日は我が家に帰宅させる事が出来ました。

孫の頃は学童保育も市民権を得て小学校の校庭の中にありましたが安全の関係などで帰りは保護者のお迎えがなければなりません。しかし保育終了時に帰宅できない娘夫婦はお迎えをベビーシッターさんにお願いしていましたし、生命科学研究者の娘には平日の在宅日はありません。そこで孫がクラスのお友達と一緒に帰れる日を作るために、曜日を決めて毎週一日私が行くことに決めました。何曜日は何時もお祖母ちゃんの来る日と。

その頃娘の家の近くの大学にお勤めの先輩から源氏物語の講義を頼まれました。何事もしたくない怠惰な私ですがお断りしにくいお話。娘の家に泊まって翌日の午前中に講義。そんな時お隣から家を売りたいとのお話でした。「私は忙しいからママが世田谷で一人で寝ていても行って上げられないけど、お隣なら毎日覗けるし」と娘。その時源氏物語の薄雲の明石の君の言葉が頭をかすめました。でも、人生は、ケセラセラ、後の事等わからない。

上小川村　　草野心平

ひるまはげんげの藤のむらさき。

夜は梟のほろすけほう。


ブリキ屋のとなりは下駄屋。下駄屋のとなりは小作人。小作人のとなりは畳屋。畳屋のとなりは鍛冶屋。鍛冶屋のとなりはおしんちゃん。おしんちゃんのとなりは馬車屋。馬車屋のとなりは蹄鉄の彦……

昔はこれらはみんななかった。

昔は十六七軒の百姓部落。

静脈のやうに部落を流れる小川にはぎぎょや山魚もたくさんゐた。

戸渡あたりから鹿が丸太で担がれてきた。

その頃ここで。

白井遠平が生まれ育った。

櫛田民蔵が生まれ育った。

いまも変なのがすこしゐる。
人のいい海坊主みたいにのろんとした
草野千之助も生きてゐる。

ひるまはげんげの藤のむらさき。
夜は梟のほろすけほう。

作者の思い出の中の故郷。「昔」からは彼の生まれる前の故郷。村の過去や現在もひっくるめて故郷は紫に霞んでいる。
草野心平はいわきの人。心平の詩を読むと私は吉野せい著『洟をたらした神』を思い出す。そして山村暮鳥の詩「いちめんのなのはな」を思います。

五　足袋つぐや

母さんの刺繍なのよとけふもまた靴下幾足つくろひ暮れぬ　　牧野恭子

賜った牧野恭子様の歌集『追憶』を拝読いたしました。大地に足のついた生活の偲ばれるお歌、お子様方やお連れあいに対しての細やかなお心、社会を見つめる目と、どのお歌をとりましても、とても心打たれる佳いお歌が多く感動いたしました。今回はその数々のお歌の中から、私が触発されて思ったことなどを述べたいと存じます。

さて前掲のお歌を読みました時にまっ先に次の句を思い出しました。

足袋つぐやノラともならず教師妻　　杉田久女

この句は学生の頃読んだ時から長く私の心にかかっている句です。イプセンの『人形の家』のノラは「女である前に一人の人間として生きる」と人間宣言をして夫の家を出ます。しかしこの久女の句は足袋を継ぐようなしがない教師の妻であることを嘆きかこっているように解されてきました。

女性が自立して働く事にいささか蔑みの目のあった当時においては、夫が社会的に出世しその令夫人と呼ばれることが女性として輝かしくも誇らかな人生と考える社会でした。妻は出世したり有名になったりした夫の内助の功と称えられることが誇りでありました。

久女は東京美術学校を卒業した夫が画家として名を成し、その令夫人と呼ばれることが彼女の思い描いた将来にかける夢ではなかったかと私にも思われました。その夫が田舎の中学（旧制）の一介の絵の教師として満足しているかに見えるのが、彼女にとってはどんなに歯がゆいことであったであろうと。

ついでながら東京美術学校には戦後新制大学になるまで女性は入学出来ませんでした。

句作に生き甲斐を見出した久女はそれにのめりこみ多くの佳句を生みだします。句集の刊行を願った久女は、その師高浜虚子に序文を請うて与えられず、実現を果たせぬままに戦後のまだ物質窮乏の時代に亡くなります。

師高浜虚子に「ホトトギス」の同人から破門されながらも、なおその序文が得られなければ句集が出せなかったのは何故か。

当時の俳句界はさながら高浜虚子王国の如き状況であったことは想像に難くありません。久女は師である虚子に認められる事を第一とし、それによって俳句の世界で名を成すことを希求していたのではないでしょうか。

また虚子を離れては俳句界で名を成すことは出来ないという当時の俳句界の事情もあったものと思

われますが、師を絶対と思い込みそこから脱却できなかった所に、女学校の優等生だった久女の限界があるやに思われます。

　彼女の句作は自らの楽しみの為のものではなく、常に人に抜きん出る事を主眼として、俳句界で名を成す事が目的の句作であったように私には思われるのです。

　虚子が序文を与えなかったのは『ホトトギス』の主張する花鳥諷詠に対して、その頃興ってきた新しい俳句運動の萌芽を久女の俳句に敏感に感じ取ったからではないか。

　久女の「ノラ」の句にはそれがはっきりと現われています。いわゆる花鳥諷詠の世界を抜け出しています。己の牙城を守ろうとする虚子の不安・嫉妬。しかし師一筋の久女にはそれは分らなかった。もはや自分の俳句が師虚子俳句の範疇を抜け出している事に久女自身気付かなかった。ここに久女の悲劇があると私は思います。久女が戦後も生きて俳句を続けられたらと惜しまれます。戦後は俳句の世界にも自由な新風が吹いたのですから。

　牧野様のお歌を読んでいるうちに、久女の「ノラ」の句は単に貧乏な生活を、無名な市井の人として生きる嘆きを詠んだだけではなく、夫に従って生きるしか道がなかった当時の女性としての嘆きと、その枠を抜け出す勇気の無い自分の不甲斐なさへの嘆きも込められていることに気付きました。

　冒頭の牧野様のお歌は靴下の継ぎを「お母さんの刺繍」とさらりと詠んでおられるところに、日々の暮らしに対するしなやかな強さと、他人を羨む狭さのない精神の豊かさを感じさせる一首として心打たれました。

私は陸上選手として毎日走っている息子の靴下の繕いをさんざんしたあげく、それら沢山な靴下を並べて縫って足拭きのマットを作ったことを思い出しました。

久女の人生を取り上げた作品に松本清張の『菊枕』があります。清張の作品特有の「いとのきて短き物を端切ると」という弱者への冷たさがあって久女の為には悲しい作品。

吉屋信子には『底のぬけた柄杓』に「私の見なかった人　杉田久女」があり、その句は幾つか取り上げているものの殆どが巷間の伝聞に終始していて吉屋信子の為に惜しい。

近年、田辺聖子の『花衣ぬぐやまつはる紐いろいろ』が刊行され心暖かな伝記となっているのは嬉しい。ただその俳句についての研究は後人を待つほかはありません。

言あげて責任を問ふにあらざれど天皇の名に兵らは征きし
戦死せし友らの墓にこの雨の注ぎてをるや昭和終る日
戦死せる君らを知れる人も減り昭和もやがて埋もれゆかん

昭和天皇の戦争責任については長く論じられています。「綸言汗の如し」という天皇の御名に於いて「宣戦の大詔」は渙発され、それによって国民は塗炭の苦しみを負いましたので声高なその論議は人々に受け止められています。それら国民の思いに心をいたされて御齢を召された今上陛下が皇后と共に慰霊と鎮魂の行事に各地を巡られておられるのも痛々しい。

声高な戦争責任論議はともすれば空疎に回転しがちですが、右のお歌はしみじみと人々の心に沁み入る反戦歌となっています。歌とはかく詠むべしと深く私の心に響きました。

戦後も何十年も経ちますと戦いの悲惨さは忘れ去られ、平和ボケした人々が声高に改憲論を口にするようになりました。平和憲法は国民が血と涙と命をかけて獲得した憲法です。

十余年以上前の朝日歌壇に次の歌が載り、多くの人の共感を呼びました。


徴兵は命をかけて阻むべし母祖母をみな牢にみつるとも　　石井百代

この力強い歌は今もあちこちで引用され、憲法九条を護る運動の紙面にも見られます。でも私はこのようなスローガンのような歌よりも、牧野様の前記のような歌の方が人々の心を打つ反戦歌になっていて好きです。

同級生四人の刻まるるふるさとの戦死者墓標を濡らす春雨
集ひたる同級生の四人まで戦にその夫うしなひたりき
兄と弟戦死のあとを海産物加工の店守る友も老いたる
おほかたは貧しき農に育ちたる友らの多く若く戦死す

右のお歌から浮かんだのは『二十四の瞳』。

一九五四年九月に封切られた映画「二十四の瞳」は、ともすれば「島の岬の分教所に赴任した若いおんな先生と十二人の新入児童の心暖かい交流を描いた抒情的な人々の心に沁みる作品」とのみ見られがちですが、脚本・監督の木下恵介氏はこの作品に、反戦のメッセージを若い女教師と教え子の触れ合いの中に込められて描いておられ、日本映画の傑作と言われています。

映画の舞台設定は昭和三年。不況によって小学校も続けられない子どもが出てきます。また軍国主義が強まり、やがてその子供達が成人に達した頃に戦争は激しくなり、男子児童だった子どもの半数は戦死し、先生の夫も戦死。

戦傷で失明した教え子が、戦後のクラス会で指でクラスの写真をなぞる場面は胸を打ちます。

原作者が壺井栄であることを考えればこの作品に込められた思いは当然「反戦」です。

牧野様のお歌で強く語られていると思いましたのは、戦争の犠牲者は男子のみならず、夫を兄弟を戦争で失った女子児童たちでもあったのだという事実を静かに訴えておられることを改めて確認させられた事でした。

戦争の被害は女性においてより過酷と、戦後の年月を言い続けてきた私が、映画「二十四の瞳」の中では思い至らなかった重い事実にこのお歌は改めて気づかせて下さいました。

いかなることがあっても、日本の国がふたたび戦う国になってはならない。憲法九条を守り続けなければとしみじみ思いました。

補遺　好きな漢詩の中から

一　絶句　杜甫

江碧鳥逾白
山青花欲燃
今春看又過
何日是帰年

江　碧にして　鳥　逾いよ　白く
山　青くして　花　燃えんと欲す
今春　看すみす　又過ぐ
何れの日か　是れ帰年ならん

川の水は深緑色　浮かぶ鳥はますます白い
山々は青葉し　花の色は燃えるように赤い
今年の春も　みるまに又過ぎてしまうのだ
何時の日に故郷に帰れることとなるだろう

川の水の碧緑の色、白い鳥、新緑の山々、真っ赤な花の色と、詩の前半は鮮やかな色彩の対比を美しく表し端正な対句としています。

一昨年も去年もそして今年も春は訪れ、そして見る間にこの春も去って行く。四季の移ろいの容赦のないように人生もまた過ぎ去って行く。己の人生の時間も。

故郷に帰りたいと思いながら、その思いは一昨年も去年も叶わなかった。そしてその思いを抱きつつ今年も又空しく過ぎて行くのか。

詩の前半の華やかな表現が華やかであればあるほど、漂泊の旅に疲れ、帰郷への思い切なる後半の作者の憂愁の想いが痛切に響きます。しかし杜甫の帰郷の思いとはうらはらに帰郷の実現は遠のいていきます。

そして現実の杜甫が帰年することなく、五十九歳で湖南省で客死していることを思うとこの詩に託した杜甫の望郷の思いは痛ましい。

クラス会のお知らせも来年があるさと簡単に欠席した若い日。同じ都内に住みながらも「今年こそはお目にかかりましょう」と年賀状に書きながら、毎年なんとなく空手形にうち過ぎる年々。時間の推移は我々の生きている日々にも容赦なく過ぎて行くのを、この詩を読むとしみじみ感じます。

この詩は高等学校の多くの漢文の教科書の最初の方に載っていますから、多くの方がご存じでしょう。私自身も最初に教えた詩なので特に印象深い詩です。しかしそれを教えた日々、若かった私はこの詩の前半の美しさに心を奪われて、後半の杜甫の思いまでを丁寧に語り得たかどうか甚だ心もとなく、今改めて忸怩たる思いにとらわれています。

漢詩の絶句を教える時、起承転結、即ち、起句、承句、転句、結句という詩の構成法を教えました。次のような歌を用いて。

起句　向ふ通るは糸屋の娘
承句　京で一番伊達者でござる
転句　諸国諸大名は弓矢で殺す
結句　糸屋娘は目で殺す

『あやとりかけとり日本童謡集』　竹下夢二

三毛のお墓に雪が降る
こんこん小窓に雪が降る
炬燵布団の紅（くれない）も
三毛がいないでさびしいな

寺田寅彦

江南春　杜　牧

千里鶯啼緑映紅
水村山郭酒旗風
南朝四百八十寺（シヒャクハッシンジ）
多少樓臺煙雨中

千里鶯啼いて　緑紅に映ず
水村山郭　酒旗の風
南朝　四百八十寺（シヒャクハッシンジ）
多少の樓臺　煙雨の中

はるかに広がる春景色の中で鶯が鳴き、木々の緑と桃の花の紅が照り映えている
川辺の村、山あいの町には、居酒屋の青いのぼり旗が春風にはためいている
南朝時代の四百八十といわれる多くの寺寺
その数多い楼台が春雨煙る中に静かに聳え、遠く南朝の昔を偲ばせている

この詩の前半も色彩豊かに描かれています。新緑の木々の葉、紅の桃の花、居酒屋の青い幟。居酒屋の旗は青い布で幟のような細長い形とのことです。

見渡す限りはるばると広がる春景色、鶯の囀り、長閑な川辺や山のほとりの村々、春風にひらひらなびくのぼり、この静かで長閑な景色は永遠に変わらぬように見えます。

しかしかつて栄えた南朝、宋・斉・梁・陳の四朝が都した南京（金陵）は、昔の隆昌の面影を偲ばせて今は多くの寺院の楼台が春雨の中に煙るように建っているのが見えるだけですと、作者は時の推移とそれに従う栄枯盛衰への感慨を語っています。前半の長閑な風景を描くことによって、永遠にそのままあるように見えて全ての事は時間と共に推移して行く姿が強く示されています。栄枯盛衰常ならぬ無常の思い。変轉する世の中。

この詩はまた日本の文学作品にも多く取り上げられています。

はぜつるや水村山郭酒旗風　　服部嵐雪

秋風や酒肆に詩うたふ漁者樵者　　与謝蕪村

両句共に杜牧の詩の前半を詠んでいるところをみると、この詩の長閑な趣の気分だけに共感して句に詠んだのでしょう。

私がこの詩に初めて出会ったのはまだ学齢前の頃でした。父方の祖父は生涯勤めず耕さず働かず、漢学を習い、書を習い、越前の古陶器を収集し古墳を調べて人生を過ごしたようです。生活のために働く必要もなく、名を上げることも欲せず、気ままに人生を趣味の為だけに生きることの出来た人。

我が家には祖父の書いた漢詩の掛け軸がかかっていました。

ある日掛け軸を見ていましたら祖母が読んで下さいました。四百八十寺をシヒャクハッシンジと読んだのが印象的でした。こんな風にして私は漢詩の幾つかを覚えその意味を聞き知りました。日中戦争が始まりました。

「酷寒零下の戦線は／銃に氷の花が咲く／見渡す限り銀世界／敵が頼みのクリークも／江南の春まだしです」（上海だより）を聞いた時、作詞者佐藤惣之助が軍歌の中で、漢詩の「江南の春」を詞にしているのに驚きましたが、その長閑な村々が戦場になっている事に気づく年齢ではまだありませんでした。

南京陥落の提灯行列を見ながら「あのシヒャクハッシンジのお寺は大砲の弾で壊れなかったかしら」と思いましたが、南京虐殺なんて知らず、戦争で兵隊さん以外の人が殺されることにもまだ思い及びませんでした。

南京陥落、重慶・成都・昆明爆撃は私の記憶に未だ新しく、彼の地は訪ねかねています。

上に私の好きな杜牧の詩で、有名な詩を一つ書き下し文で記します。

山行　　杜牧

遠く寒山に上れば　石径斜めなり
白雲生ずる処　人家有り
車を停めて坐(そぞろ)に愛す　楓林の晩(くれ)
霜葉(そうよう)は二月の花より紅なり

二　春　暁

孟浩然

春眠不覚暁
処処聞啼鳥
夜来風雨声
花落知多少

土岐善麿　訳

春あけぼのの　うすねむり
まくらにかよふ　鳥の声
風まじりなる　夜べの雨
花ちりけむか　庭もせに

井伏鱒二　訳

ハルノネザメノウツツデ聞ケバ
トリノナクネデ目ガサメマシタ
ヨルノアラシニ雨マジリ
散ツタ木ノ花イカホドバカリ

静夜思　　李　白

牀前看月光
疑是地上霜
擧頭望山月
低頭思故郷

土岐善麿　訳

床にさす　月かげ
うたがひぬ　霜かと
仰ぎては　山の月を見
うなだれて　おもふふるさと

井伏鱒二　訳

ネマノウチカラフト気ガツケバ
霜カトオモフイイ月アカリ
ノキバノ月ヲミルニツケ
ザイシヨノコトガ気ニカカル

有名な漢詩なので書き下し文も解釈も必要ないと思いますので、この二人の文学者のそれぞれの訳を鑑賞してください。

「多少」は、どれくらいという意味ですが、反語となってどれほどであろうかという意味にもなりますので、沢山と訳す人もいます。現在でも「おいくらですか」と訊ねるとき「多少銭」と言います。先日、中国で買い物をした時、「多少銭」と訊ねたら「八十元です」と日本語で答えられてしまいました。

「春暁」を読むと、『枕草子』の「春は曙」の段が思い浮かびます。漢詩文に通暁していた清少納言は十分この詩の起句を念頭において、それに対して「春は曙」と自分独自の美意識を展開したのではないでしょうか。

此の段で、人皆が賞で詩歌にも取り上げられている「秋の月」をはずして、「秋は夕暮れ」と書いているのを読むと、私は更にその思いを深めます。『枕草子』のこの美意識はその後平安時代を通じて受け継がれ、その観念の上にたって多くの和歌が詠まれています。

新古今和歌集　巻第一　春歌上

見わたせば山もとかすむ水無瀬川夕べは秋となに思ひけん　太上天皇（後鳥羽院）

新古今和歌集　巻第四　秋歌上

薄霧の籬の花の朝じめり秋は夕べとたれかいひけん　清輔朝臣（藤原）

これらの歌は「美を固定する姿勢を破って自由に新しい美を発見しようとする気概がうかがわれる」（日本古典文学全集）と言われていますが、これらはまた「春は曙～秋は夕暮れ」（枕草子）を十分念頭に置いて作られた作品にほかなりません。

この美に対する観念は、更に現代の詩歌や文章までもその影響を受け、伝統的美意識として継承されています。それを考えますと、「春は曙」と書き出した時、そこには清少納言のなみならぬ自負心があったように私には思われます。

荒城の月　　土井晩翠

秋陣営の霜の色
鳴きゆく雁の数見せて
植うる剣に照りそひし
昔の光いまいづこ

九月十三夜陣中作　　上杉謙信

霜満軍営秋気清
数行過雁月三更
越山併得能州景
遮莫家郷憶遠征
（遮莫―さもあればあれ）

土井晩翠には「星落秋風五丈原」（天地有情／本書上巻363頁参照）のような漢詩文を題材とした詩がありますので、「荒城の月」のこの節は上杉謙信の詩の情景を思い描いて作られたものではないでしょうか。そして謙信のこの詩は李白の「静夜思」から想を得ているのではないかなと私は思ったりしています。それぞれ詠まれた場所は異なっていますが、この三つの詩には共通する詩情が受け継がれ、それぞれ違った場面へと展開をしていると私は思うのです。

現在も私が大切に持っている、私が最初の頃の授業で使った漢文の教科書の何冊かを開いてみますと、どの頁にも余白一杯に書き込みがしてあります。あの当時どれほど必死になって下調べをしたかが思い出されます。

それはまた、それほど未熟な教師であったという証左でもあります。それらのすべての知識があって、それらを自分自身の中で消化して、自分の見解で語ることが出来るようになってはじめて一人前の教師なのですが、そうなるには勉強し考えながら長い年月を要します。字面の解釈しか出来ない間は本当の教師とは言えないのではないかと思っています。

後年、若いころ教えた生徒をもう一度教室に呼び戻したいと、時々思いました。

授業で漢文を教え始めた頃、私は何人かの仲間と一緒に、保母さんをお願いして共同保育をしながら、仕事をしていました。日中留守になる仲間のお宅を借りての共同保育は、設備も無く、年齢もまちまちの幼児の中に赤ん坊を預けて出勤するのはとても不安で辞めたいと何度も思いました。女性が働き続けるための環境作りの運動もしていました。今考えるとその大変な時が、私の人生で最も充実して輝いていた時期だったのではないか。次の詩を教えていた頃私は若く、黄葉の今はこの詩の心を語ることが出来るのではないかとしみじみと思います。

偶成　　朱熹

少年易老学難成　　一寸光陰不可軽
未覚池塘春草夢　　階前梧葉已秋声

三　秋日　耿湋

返照入閭巷
憂来誰共語
古道少人行
秋風動禾黍

返照　閭巷に入る
憂ひ来って　誰と共にか語らん
古道　人の行くことまれなり
秋風　禾黍を動かす

夕日の光が村の小路に差し込んで来た。
いいしれぬ憂いがせまってくるのだが、それを誰と語り合ったらよいのだろう。
荒れた古い道には通る人の姿もまれである。
ただ秋風が黍の葉を動かしてゆくばかり。

しみじみと心に沁みる秋の愁いが思われて古来多くの人にも愛された詩で、我が国の文学作品にも多くの影響を与えています。

この道や行く人なしに秋の暮　　芭蕉

芭蕉のこの名句は、この詩を踏まえた句と言われていますが、私は『奥の細道』の中の次の句もそうかなと思ったりしています。

あかあかと日はつれなくも秋の風　　芭蕉

北原白秋の次の歌も、この詩を踏まえた作品ではないかと思いつつ教えました。

枯れ枯れの唐黍の秀に雀ゐてひょうひょうと遠し日の暮の風　　北原白秋

近年人々に愛唱されている「さとうきび畑」は私も好きな歌ですが、この反戦歌とも思える歌の中にも「秋日」の心が通っているように私は思えます。

會津八一氏には「秋日」の訳詞があります。

會津八一　訳

いりひ　さす　きび　の　うらは　を　ひるがえし　かぜ　こそ　わたれ　ゆく　ひと　も　なし

秋夜丘二十二員外に寄す　　韋応物

君を懐ひて　秋夜に属し
散歩して　涼天に詠ず
山　空しくして　松子落つ
幽人　応に未だ眠られざるべし

○丘＝姓で丘丹のこと。
○二十二＝排行。
○員外＝員外郎（課長級の事務官）の略。
○幽人＝世をのがれて隠れ住む人。

寂しい秋の夜君のことを思いながら、
ただ一人散歩し、つめたく澄んだ夜空を仰ぎながら詩を詠じています。
人気のないこの山は静かで、松かさの落ちる音が聞こえてきます。
俗世を避けて静かに暮らしている君もまた、きっとまだ眠っておられないことでしょう。

この詩には丘丹の答詩があります。

韋使君の秋夜寄せらるるに和す　　丘　丹

露は梧葉に滴(したた)りて鳴り
秋風に桂花発(ひら)く
中に仙を学ぶ侶(ひと)有り
簫を吹き秋月を弄(め)づ

互いに思い合う友人同士の姿が、清らかな秋の夜の静かな雰囲気の中に浮かぶようです。
韋応物の詩には會津八一氏と井伏鱒二氏の訳詞がありますので、並べて掲げます。

會津八一 訳

あきやま の つち に こぼるる まつ の み の おと なき よひ を きみ いぬ べしや

井伏鱒二 訳

ケンチコヒシヤヨサムノバンニ
アチラコチラデブンガクカタル
サビシイ庭ニマツカサオチテ
トテモオマヘハ寝ニクウゴザロ

井伏氏の訳は殆ど意訳です。ケンチとは仏文学者中島健蔵氏のことであるらしいと大岡信氏は言っておられます。

鏡に照らして白髪を見る　張九齢

宿昔(しゅくせき)　青雲の志
蹉跎(さた)たり　白髪の年
誰か知らん　明鏡の裏(うち)
形影　自づから相ひ憐れまんとは

○宿昔＝昔。往時。
○蹉跎＝躓く。失意。
○裏＝の中で。
○形影＝肉体とその映像。

昔、私が若い頃に青雲の志をもっていた。

　しかし、つまずき失意の中に今は白髪の年になってしまった。
　誰が知っていたであろうか。今日鏡の中で、
　この体と鏡の中の私の姿とが、お互いに相憐れみ合おうとは。

　私が教えた教科書のこの詩の所には何の書き込みもありません。ただ、會津八一氏の訳が書いてあるばかりです。この詩を教えた頃私はまだ若く、話すべき何物も無かったのでしょうか。多分、字面の解釈をしたに過ぎなかったものと思われます。

　四十年近く前の事でした。発車間際の新幹線に乗ろうと走っていたら、ホームを歩いていらした方が私にお辞儀をされました。知らない顔でしたが辺りに誰もいませんでしたので、私は不得要領な会釈をしてその方の後から車内に入りました。偶然お席がお隣でした。なんと小学二年生までの同級生でした。その後は二人とも転校してしまいましたが、ホームでお会いした二年程前に、卒業以来三十二年ぶりの同期会がありましたので覚えていて下さったのでしょう。それがなかったらお互いに知らずに通り過ぎたことでしょう。

　無医村の医者になるつもりだったのに、大学在学中にお父様が亡くなられたので諦めて大学の付属病院に残られたなどと伺いました。

『ああ　野麦峠』を教えるために野麦峠の実地踏査に行く私は名古屋駅で別れました。

　その後、国内外の美術館所蔵の仏像や絵巻物の絵葉書のお便りを時折下さっています。医学部長・

付属病院長となられましたが『白い巨塔』の某教授とは無縁の方のようでした。

退職された後の絵葉書の中にこの張九齢の詩が書いてありました。病院長を退職されてから『厄除詩集』（井伏鱒二著）を紹介されて面白く読んでいると話されました。今は時々老人施設で診察をしていて明日の我が身を思いますともありました。「若き日の希望（のぞみ）も若く」です。

あの無邪気で遊んでいた日々も、前途長く思われた若き日も瞬く間に遠く過ぎ、何時しか我が身の終焉を思う年齢になりました。今教壇に立ったら語ることも多いでしょうに。

次に會津八一氏と井伏鱒二氏との「照鏡見白髪」の訳をご紹介します。

會津八一　訳

あまがける　こころ　は　いづく　しろかみ　の　みだるる　すがた　われ　と　あひ　みる

井伏鱒二　訳

シユツセシヨウト思ウテヰタニ
ドウコウスル間ニトシバカリヨル
ヒトリカガミニウチヨリミレバ
皺ノヨツタヲアハレムバカリ

漢詩は我が国の文学作品に多くの影響を与えていますので、それを考えつつ漢詩を読み日本の文学作品を読むのも楽しみです。

四　送元二使安西　王　維

渭城朝雨浥輕塵
客舎青青柳色新
勸君更盡一杯酒
西出陽關無故人

渭城の朝雨　軽塵をうるほす
客舎青青　柳色新たなり
君に勧む更に尽くせ　一杯の酒
西のかた陽関を出づれば　故人無からん

渭城の朝の雨は、軽い土ぼこりをしめらせてゆく。

宿屋のあたりは青々と澄みきって、柳の緑は生き生きとして新鮮な色をしている。

君、どうかもう一杯別れの酒を飲みほしてくれ。

西の陽関から先へ行ってしまったら、こうして酒をくみかわす親しい友はいないのだから。


「元二」の「元」は姓、「二」は排行で、「排行」とは同姓の一族中で、同じ世代の者に、男女別に年齢順に排列し番号をつけたもの。ここでは元氏の二番目の男子の意。

「安西」は都護府がおかれ、昔、中国の西域の治安を保つための役所のある所でした。中国の勢力の盛衰によって置かれた場所は変わったということです。

「渭城」は長安の北西にあり、長安の都から西域に旅立つ人を送る時は、渭城まで送りそこで一晩送別の宴を催すのが常でした。

「軽塵」は軽い土ぼこりの事と解釈されています。黄河の辺りは春、黄砂が舞うので、私は長い間砂ぼこりが朝の雨に静まってと思っていました。先年、北京の町に柳絮の飛ぶ様子をテレビで見て、軽塵は柳絮の綿ぼこりのことかしらと考えて見ました。唐の時代の様子は分かりませんし、その季節に中国を訪れたこともないのですが、日本の長野県の上高地で化粧柳の柳絮が飛んでいた様子を思い出し、そう考えると軽塵の意味もぴったりするように思えるのですが。

第二句の「青青」は古来、柳の葉の色のことと解釈されていますが、朝の雨で宿屋の辺りの空気が、すがすがしく澄んでいる情景を表しているのだと思います。

「柳色新」は雨に濡れて葉の緑も生き生きとした柳のことですが、中国では昔送別に際して、道中の無事を祈って柳の枝を折って輪にし、旅人に贈る習慣があり、「折楊柳」という別離の古楽府曲がありました。柳にはその意味が込められています。色鮮やかに青青とした新鮮な柳の色には「行人」の前途を明るいものとする意が含まれています。「青青」は「客舎」にも「柳色」にも掛かって、その情景を目に見えるように表現しています。

「陽関」は敦煌の近くにあり、玉門関の南にあった関所です。ここを過ぎるともはや唐の文化の及ばぬ異域という思いがあったのでしょう。従ってしみじみと親しく語り会える友もいない。「故人」

とは親しい古くからの友人という意味です。

果てしなく広がるゴビの沙漠にぽつんと立つ陽関。そこからその先のタクラマカン沙漠へと旅行く元二。

王維のこの詩はあまりにも有名な詩ですから、どなたもご存じのことと思います。この詩から西域への憧れを持たれた方も多いのではないでしょうか。

転勤した学校の国語科の先生方は年配の男性が殆どという所でした。学識豊かで、それぞれの研究業績もおありになる教養人ばかりで、当時若かった私は「雑魚（ざこ）の魚（とと）交わり」といった風情でした。

転勤してすぐに国語科の歓送迎会があり、会の終わりにこの詩が吟じられました。この詩は「陽関三畳」といって、送別に際して三度繰り返して歌われるのですが、どのように三度繰り返すのかは諸説あります。私たちの会では第四句を繰り返して、最後に「なからん、なからん、故人なからん」と吟ずるのが常でした。

静かな料理屋の一室で、清談の後にこの詩を吟ずる情景は心に沁みるものでした。このような歓送迎会は何年続いたでしょうか。

時移り人変わり、強制人事異動が行われるようになった頃には様子はすっかり変わって、「陽関三畳」も忘れられてしまいました。

漢詩には送別の詩がたくさんあります。次にあげる詩は井伏鱒二氏の名訳で広く人々に知られています。原詩の前半二句に込められた、友人への深い惜別の思いを読み取りながら、井伏氏の訳詞を鑑賞して下さい。

勧　酒　　　于武陵(うぶりょう)

勧君金屈卮　　君に勧む　金屈卮(きんくつし)
満酌不須辞　　満酌　辞するをもちひず
花発多風雨　　花ひらきて　風雨多し
人生足別離　　人生　別離　足る

井伏鱒二　訳

コノサカヅキヲ受ケテクレ
ドウゾナミナミツガシテオクレ
ハナニアラシノタトヘモアルゾ
サヨナラダケガ人生ダ

漢文の長老の先生は、卒業する生徒のサイン帳に、いつもこの井伏氏の訳詞の後半二句を書いていらっしゃいました。

津軽訛りの無口なこの方は、慣れない漢文を教えるための下調べに、研究書を読み漁っている私の机の上に、このような訳詞をプリントして、時々載せて置いて下さいました。

保育園に子供を預けて勤務していた当時の私は、家に帰ってからも夜には採点などに追われ、時間の余裕がなくてゆったりと桜の花を見る暇もありませんでしたが、この訳詞を読むと次の歌を思い出して、桜の満開の日は夜更けて一人花の下を歩いたものでした。

あすありと思う心のあだざくら夜半に嵐の吹かぬものかは　　親鸞上人絵伝

五　涼州詞　王翰

葡萄美酒夜光杯
欲飲琵琶馬上催
酔臥沙場君莫笑
古來征戰幾人囘

敦煌の町には夜光杯を売る店が多くありました。夜店の屋台にも夜光杯が並んでいました。夜光杯だけを売っている大きな店に入ると、年配の女性がいろいろと説明した後で、

葡萄の美酒　夜光の杯
と言いましたので、私が後を続けて
飲まんと欲すれば琵琶馬上に催す
酔うて沙場に臥すとも君笑ふこと莫かれ
古来征戦幾人かかへる
後半二句は一緒に吟じ、終わると彼女は笑って拍手し、二人で握手しました。まわりに人が集まって

にこにこして見ていました。

私は漢詩の中では特にこの詩は好きな詩です。同僚の先生の中にも一番この詩が好きとおっしゃる方がおられました。敦煌には日本人の旅行者が多く、その中にはこの詩を好きな方々がいらっしゃるのでしょうか、夜光杯を買われる方も多くおられるようです。


「涼州詞」は楽曲の名。その楽曲に合わせて作られた歌です。「詞」は詩歌の一体で民歌的な気分を持つ歌です。「涼州」は甘粛省武威県の地名。河西回廊の要衝の地で、西域の国境防衛の地でした。「涼州詞」という詩の題名そのものが異国情緒を持っていたと思われます。そしてこの詩はそのメロディーで歌われていたのです。

しかしなんといっても「葡萄の美酒」「夜光の杯」「馬上の琵琶」は異国情緒溢れる印象的な詩句です。これらはみな遠くシルクロードを通ってはるばると運ばれて来たと言われる品々です。日本の人達がこの詩を好きなのはこれらの言葉に魅せられるからではないでしょうか。そして「沙漠―砂漠」という言葉のもつロマンチックな響き。

「夜光杯」は古来、西域産の白玉で作った杯とかガラスの杯と解されて来ました。私の教えた教科書をすべて調べて見ましたが、その脚注には全部そのように書かれています。また現在までに刊行された解説書にも皆そう書いてあります。中には正倉院のガラスの器の印象からカットグラス説を取りたいと書かれている方もあります。私自身もホータンの白玉をイメージしていました。そこで私はかって白玉で出来た杯を手に入れて、この詩のイメージを勝手に想像していました。

さて敦煌で売られている夜光杯は、祁連山脈の玉から作られる黄色みがかった暗緑色に黒い斑のある薄い透き通るような杯です。どちらにしても、長年この詩から想像していたものとは違います。安い夜光杯は黒っぽい分厚な杯です。そこで夜光杯の製造工場に立ち寄ったときに、この詩が有名になったので後から作られたものではないかと質問しましたら、夜光杯は漢の時代から作られているとのことでした。「夜光杯」に葡萄酒を注ぐと月の影がきらきら映って美しいとの説明を聞きながら、「嗚呼玉杯に花受けて／緑酒に月の影宿し」や「廻る盃影さして」を思ったりしましたが、これらの杯と夜光杯とは全く違います。

電灯の無い昔の、それも辺境の沙漠を照らす月の光。黒い杯の中の葡萄酒に移る月影。遠くの篝火に浮かぶ人馬の黒いシルエット。馬上にかき鳴らす琵琶の音。今私は夜光杯を手にしてこんな情景を思い浮かべています。

新疆ウイグル地区のトルファンはオアシスの町。カレーズには天山山脈の雪解け水が豊かに流れています。葡萄の産地で街路樹にも葡萄の木が植えられ、緑色の実がなっていました。降水量が少なく干葡萄の産地でもあります。葡萄はいつの時代から作られていたのでしょうか。この詩の時代に葡萄酒はここで作られていたのでしょうか。トルファンで飲んだ葡萄酒が意外においしかったのを思い出しながらそんなことを考えています。

交通不便な唐の時代、西の涼州は西域に近いもはや異境の地、その地に産する夜光杯も、さらに西のトルファンに産する葡萄酒も異国情緒溢れるものであったと思われます。

それらの品々はシルクロードをペルシャ辺りからはるばると運ばれて来た物でなくても、十分に異国を感じさせる物だったのでしょう。時代考証をきちんとしなければ断定は出来ませんけれども、そんなことを思う日々です。

夜光杯は私がこの詩に対してずっと抱いていたイメージとは随分違ったのですが。しかし何事も「百聞は一見に如かず」。その地に実際に行って見ると考えさせられる事が多くありました。

但しこの詩の作者もこの地を訪れたことがないとのことで、王翰自身はどんな物をイメージしてこの詩を作ったか分かりませんが。

「沙場」とは沙漠のことですが、西域の戦はすべて砂漠で行われましたので、戦場の意味も含まれています。ゴビ沙漠は小石混じりの砂の荒涼たる果てない平原で戈壁灘（ゴビタン）と呼ばれている不毛の地です。

「古来征戦幾人かかへる」の結句がこの詩の主題です。「昔から遠く戦に赴いた兵士たちの中で、無事に故郷に帰れた者が幾人いるであろうか。―荒涼たる異境の地でいつ果てるか知れない我が身なのだ―」最初の二句の甘やかなロマンチックな異国情緒の印象が強いだけに、この結句の持つ悲壮感は胸に迫ります。その故にこそ人々に愛誦されて来たのだと思います。

先の大戦で日本の人々は多くの肉親・友人を失いましたので、この句に実感を持っておられるのでしょう。日本の多くの方がこの詩が好きなのはその共感の故ではないでしょうか。

敦煌から莫高窟へはゴビ沙漠の中を通ります。道の両側のゴビ沙漠の中に小さな塚が沢山ありました。現在では墓地になっていますが、砂嵐が吹けば砂に埋もれてその所在も分からなくなってしまうそうです。


家人の持つらむものをつれもなき荒磯をまきてふせるきみかも　調使首

聞くままに袖こそ濡るれ道の辺に晒す屍は誰が子なるらむ　太田垣蓮月

先の大戦で亡くなられた方々のご遺骨の多くは、戦後五十数年たった今でもいまだ収集されていません。異国の山野に、南の海に島々に、シベリヤの凍土に置き去りにされています。大事に育てられた命は「水漬く屍草生す屍」となられて、白骨は野晒しのままなのです。その魂は何処の地を彷徨い、鬼哭啾啾としておられることでしょうか。

「古来征戦幾人かかへる」と吟じつつ、あらためて戦争の悲惨さをしみじみと思いました。再びは繰り返してはならないと。

六　涼州詞　　王之渙

黄河遠上白雲間
一片孤城萬仞山
羌笛何須怨楊柳
春光不渡玉門關

黄河遠く上る　白雲の間
一片の孤城　万仞の山
羌笛何ぞもちひん　楊柳を怨むを
春光渡らず　玉門関

この絶句は唐詩の中でも最高傑作の一つと言われています。先に王翰の「涼州詞」（葡萄美酒夜光杯）を取り上げましたが、私はどちらも好きな詩です。

「黄河の流れに沿うて、白雲たなびく間をはるばる上って行く。ぽつんとただ一つの城塞。遙か遠くに高い高い山脈が見える。」

この句は従来の解釈書にも教科書の脚注にも、「天にもとどかんばかりの高い山の頂にぽつんと一つ小さな城塞が見えた」とありました。教科書には砂漠の中に立つ玉門関の写真も載っていますのに、ひと度高名な学者が解釈すると、そのまま孫引きされてしまいます。授業する時は安易に孫引きしないように、常に他人の説を鵜呑みにしないようにと心掛けました。一片の孤城とは玉門関のこと。

先年、シルクロードの旅をしましたが、沙漠の中にぽつんと玉門関の遺跡。遙か彼方に高い山脈が連なっていました。やはりその地に実際に立って見なければ分からない。その旅では私は陽関・漢代の長城址・河倉城址・交河故城・高昌故城・火焔山等に立ち、その地の唐詩を吟じました。授業の為には私は日本国内は殆ど旅しましたが、在職中には外国への旅は実現出来ませんでした。玉門関の位置を地図で確かめつつ授業した日々が懐かしい。

「折しも聞こえてくる羌笛の音。遠く家人や友人と別れてきた身に、どうして今更切ない別れの曲折楊柳の調べで、別れの悲しみを思い出させる必要があろうか。」

「羌笛」は中国の西方にいた異民族羌の吹く笛で、「異民族の吹く竹笛」「遊牧民族の笛」とあるだけで詳しい事は解りません。

数年前の夏、テレビで雅楽奏者の東儀秀樹氏が篳篥の原型を尋ねてシルクロードを旅しておられたのを見ました。篳篥は竹製の縦笛で舌の部分は葦で出来ているとのこと。ウルムチのバラメイという笛は葦の茎で出来た縦笛で、篳篥の原型ではないかとの事でした。

私が陽関を訪れた時、今にも崩れてしまいそうな陽関の砦を支えていたのが、土壁の中に塗り込められていた短く切った葦の茎でした。

砂漠の中にぽつんと一つ残された陽関の遺跡の近くに、思いがけなく緑の集落がありました。集落はオアシスの周りにあります。オアシスがあったからこそ陽関はここに作られ、昔日オアシスの周りには葦が群生していたのでしょう。そうすると玉門関もまたオアシスの近くに造られた城塞だったのでしょう。常駐する兵士にとって水は不可欠ですから。

砂漠の中に点在する集落、かつては胡人の地であったトルファンもウルムチもまたオアシスのある所、葦は群生していたでしょう。

羌笛とはこの葦製の縦笛バラメイをさすのでしょう。葦の茎は空洞で、「葦の髄（よし）から天井覗く」と、いろは歌留多にありましたね。

バラメイは悲しい音色の笛で漢字ではヒチリキと同じ字です。胡人の吹く羌笛の悲しい音色は、はるばる辺境の守りにつく兵士たちに、異国にいる思いをしみじみと思わせ、遠く故郷を思う気持ちを起こさせたのでしょう。

先に城塞の兵士が羌笛を吹いたと書きましたが、羌笛は悲しい調べの笛の音なので、それは折楊柳じゃなくても、遠くから聞こえてくる胡人が吹く羌笛の音そのものに悲しみをかきたてられたのではないかと思うのですが。それとも玉門関の守りの兵士が、異国の笛バラメイを手にして望郷の思いを込めて折楊柳を奏でたのでしょうか。

夜　受降城に上りて笛を聞く　　李　益

回楽峰前　砂　雪に似たり
受降城外　月　霜のごとし
知らず　何れの処か蘆管を吹く
一夜　征人　ことごとく郷を望む

この詩の三句目に「蘆管」とあります。

「どこで葦笛を吹いているのだろうか」の

意です。何処からか聞こえてくる葦笛の音。蘆管は葦の茎で作った笛のことで悲しい音色を出す、胡笳ともいうといわれています。私には羌笛と同じ物をさすと思われますが、古来多くの学者はこの二つの詩を比べてみはしなかったのでしょうか。疑問です。

この詩の結句は「この悲しい調べの笛の音を聞いて、今夜、兵士たちは皆一斉に、故郷の空を眺めやっていた」という意味です。

「玉門関からこちらへは春の光も訪れてこないのだから。（まして柳の芽吹くこともないのだからと折楊柳に掛けています）春はまだ遠い。何時砦を守る戦を止めて、春うららかな故郷に帰ることが出来るだろうか」

という思いが込められています。

森進一が「襟裳の春は何もない春です」（襟裳岬）と歌うのを聞くと、なぜか私は「春光不渡玉門関」を思い浮かべるのです。

西域の辺塞を取り扱った詩は唐詩選に多く載っています。それらの詩には異国情緒を歌ったものも多いのですが、辺境の砦に派遣させられた兵士たちの望郷の思いや厭戦の思いを歌ったものが多く見られます。

憲法記念日の今日。「憲法九条を守り改憲反対」の意見広告が朝日新聞に載り、賛同者の名前の小さな字が、新聞一頁の全面を埋め尽くしました。古今東西を問わず、人々は戦いを望まないのだとしみじみ思います。

磧中の作　岑　參

馬を走らせて西来　天に到らんと欲す
家を辞してより月の両回圓かなるを見る
今夜は知らず　何れの処にか宿せんを
平沙万里　人烟絶ゆ

「長安から西域へ、果てない道を西へ西へと進んで、天に行き着いてしまいそうだ。
家郷を出てからもはや二度満月を見た。」

「磧」は小石まじりの沙漠。ゴビ沙漠の事。二度月の満ち欠けを見たとは時間の経過と共に、果てない沙漠の旅は月より他に見るものもない事も含めています。作者岑參は唐代を代表する辺塞詩人として有名です。

岑參は王翰や王之渙と違って、実際に官吏として安西の辺塞の生活をしていますので、その詩は実体験に即して心を打つ作品が多く、それらの作品をご紹介出来ないのは残念です。「欲到天」も実感だったのでしょう。

「今夜の宿営は何処になるだろう。

広漠たる沙漠には人家の煙も見えない。」

を読むと、『万葉集』(巻三、二七五)の

いづくにか吾は宿らむ高島の勝野の原にこの日暮れなば　高市連黒人

が思い出されます。

七　子夜呉歌　　李白

長安一片月
萬戸擣衣聲
秋風吹不盡
總是玉關情
何日平胡虜
良人罷遠征

長安　一片の月
万戸　衣（ころも）を擣（う）つ声
秋風　吹いて尽きず
総（す）べて是れ　玉関の情
何（いづ）れの日か　胡虜を平らげ
良人（りょうじん）　遠征を罷（や）めん

○子夜呉歌＝楽曲の名。原作は東晋時代、呉の子夜（しや）という女性が作ったとされる民歌（子夜歌）という。五言古詩。李白はこの詩形で春・夏・秋・冬の四詩を連作し、この詩はその中の秋の詩です。
○擣衣聲＝衣を砧でうつ音。布地を石や棒で打ち、柔らかくしてつやを出す。冬着の準備として秋の夜に行われた。
○總＝前三句の三つの事柄（秋の月・砧の音・身にしむ秋風）をさす。
○玉關の情＝玉門関のかなたに出征している夫を思う妻の心。玉門関は中国の西域への関門。
○胡虜＝北西方の異民族。

唐の玄宗の時、辺境への出兵が続きました。この詩は、兵士に徴発されて久しく塞外にあって帰らない夫を思って悲しむ妻の心になって作った詩です。

長安の町の空には秋の月が冴えわたり、
どこの家でも冬着の支度に忙しく、布を打つ砧の音がとんとん聞こえてくる。
外は冷たい秋風がいつまでも吹き続けてやまない。
秋の月・砧打つ音・身に沁む秋風、これらはすべて玉門関のあたりで国境を守っている夫を思いおこさせるばかりである。
いったいいつになったらえびすを平らげて、私の夫は遠征をやめて帰っていらっしゃるのかしら。

「一片の月」は一つの月のことで、ここでは「秋の月がただ一つ」という意味ではないかと思います。「一片の月」は古来「半月」と解釈され、「片われ月」と訳されてきました。また近年には「いちめんの月の光」の意として、月の光がくまなく長安城内を照らしているとする説もあります。しかし漢詩には「一片孤城万仞山」（涼州詞・王之渙）の例もありますから、「ただ一つの月」と解したいと思います。

一つぽつんとある月は一人夫を待つ妻の姿と重なり、第二句の「万戸」と対をなしています。月は満月でもよく、秋の夜空に冴えた月がかかっている情景を思い浮かべて下さい。

この詩の第一句の月は視覚を、第二句の衣打つ声は聴覚を、第三句の秋風は身にしむ触覚をと読む人にもしもじみと訴える働きをしています。見るもの聞くもの触れるもの、それらは総て玉門関に徴兵されている夫のうえに思いを馳せずにはいられない妻の心情となっていることを表しています。

「子夜歌」は四句からなっているのが普通なので終わりの二句は蛇足という説もありますが、この二句によって夫の帰りを待ち侘びる妻の気持ちを表すとともに、戦いに対する女性の思いも表していると私は思います。

都の中にさえ肌寒い秋の風が吹いています。辺境の夫はもっと寒い中でどのように過ごしているでしょう。夫が無事に帰還するという保証はありません。「何れの日か」は「遠征を罷めん」にかかり、戦いの終わることを願う切ない妻の思いが込められていると思われます。

この詩には土岐善麿氏の名訳がありますのでご紹介します。

都の空の　月さえて
きぬたぞひびく　家ごとに
ただふきしきる　秋風の
関路にかよう　うきおもい
いつかはあたを　うちはてて
帰るわが夫を　迎えまし

中国では昔から北西の民族との戦いが繰り返されていました。万里の長城はその外敵の侵入を防ぐためのものでした。たびたび西域への出兵があり、西域の壁を守るための兵士が徴発されました。漢詩にはその西域での戦いを取り扱った作品が多くあります。

また「秋の月」「砧の音」「秋風」は一人物思う女性を詠ずる詩によく出て来ます。白居易の「聞夜砧」は中でも有名で、我が国の詩歌にも影響を与え、『和漢朗詠集』や『源氏物語』にも引用されていますし、和歌にもこの題材を取り扱った歌が多くあります。

新古今和歌集（巻五　秋下）

擣衣の心を

み吉野の山の秋風さ夜ふけてふるさと寒く衣うつなり　　藤原雅経

日中戦争が始まった頃、駅頭や街角に千人針を持った女性の姿が見られるようになり、出征兵士を送る日の丸の旗の波がありました。しかしその頃、戦争はまだ遠くにありましたから、幼かった私には戦争の悲惨さや、戦場になった中国の人々の苦しみや痛みはまだ分かりませんでした。けれどもその頃聞いた次の歌によって、夫を父を出征させられた方のご家族が、どんなに悲しい思いでいらっしゃるかに気づきました。そして戦争は人々にとって悲しく苦しいものであることにも、気が付きました、健気に戦争を肯定した子供の歌になっていますが、しかしそこからは子供の切ない思いがしみじみと伝わってきました。

後年、「子夜呉歌」を教えるたびにこの歌を思い出しました。

母子船頭唄　佐藤惣之助

一　利根のお月さん　空の上
　　僕とおっ母さん　水の上
　　漕いで流して　日が暮れる
　　船頭ぐらしは　さみしいな

二　水に流れる　お月さん
　　遠い戦地の　父さんも
　　僕や母さん　思い出し
　　どこで眺めて　いるでしょうか

三　もしもお月さん　鏡なら
　　戦闘帽子で　父さんが
　　進む笑顔を　一目でも
　　見せて下さい　お月さま

四　こんな晩には　父さんが
　　いつも唄った　船唄を
　　母さん二人で　元気よく
　　漕いで流して　唄おうよ

八　黄鶴樓送孟浩然之廣陵　　李白

故人西辭黄鶴楼　　故人西のかた黄鶴楼を辞し
煙花三月下揚州　　煙花三月揚州に下る
孤帆遠影碧空盡　　孤帆の遠影碧空に尽き
唯見長江天際流　　ただ見る長江の天際に流るるを

親しい友は西にある黄鶴楼に別れを告げ、
花霞立つ三月に東の方揚州に下って行った
わたしが君の乗った舟を見送っていると
君の乗った一隻の小舟の帆影は次第に遠ざかりただ一つの黒点のように小さくなり、青空の彼方に消えて行ってしまった
後には洋々たる揚子江が遙か水平線の果てに流れていくのが見えるだけである
　それを何時までも見送っているわたしの思いを、この茫漠たる天地にたった一人取り残されてしまったわたしの寂しい気持ちを、君よ、思いやってくれ給え

作者の視点が近くからだんだん遠くに移り行く近景から遠景への描写、友の乗る舟の姿が次第次第に遠ざかり、やがてはその帆影は一つの点のようになってとうとう消えてしまった、大から小へそして無への描写。

この詩の後半は叙景ですが、帆影が点になりやがて消えて行ってしまうまで、じっと立ち尽くして見送っている作者の深い惜別の思いが、第三句には溢れています。

最後の一句では一転して対岸も見えない茫洋として広い揚子江が水平線の彼方に流れ行く様子と、広がる天に視点は広がっています。

空と長江の水しか見えないという描写には一人残った孤独感と寂しさ、親友と離れた喪失の思い悲しみが表れています。そこに孟浩然に対する作者の深い友情が読み取れます。

先に高市黒人の項でも引用しましたが、私はこの詩の後半の句が好きです。

友との別れの送別の詩には、旅行く友の前途の無事を祈る「どうぞ安全なる旅を」という詩が多いのですが、この詩は後に残る我が心の空白感寂しさを述べることによって、友との別れの惜別の思いを語り送別の言葉としています。自らの思いを述べることによって別れの辛さが切々と胸を打ちます。

それ故に私はこの詩が好きでした。

昨日私は在職中にお世話になりご指導も戴いた漢文の先生に十年ぶりでお目にかかりました。我が家と同じ私鉄沿線の急行電車ではたった一駅の所にお住まいですのにお電話やお手紙での交流ばかりの日々でした。

私の母と同じ年にお生まれになられた先生は御歳百歳。ご自身の学生時代を送られた頃の大学の様子や教科課程や先生方の思い出を纏めて製本して大学に贈られたと、その手書きの上下二冊のご本を見せて戴きました。

お父上は著名な漢学の碩学の池田四郎次郎芦洲氏。『史記』の研究半ばで亡くなられたので、ご父君の志を継いで『史記研究』を完成された篤学の士です。司馬遷父子が『史記』を完成させたのに倣って、先生もご父君と二代で『史記研究』を完成されたのではと思います。

本が刊行されてから十数年経て、中国の多くの大学からの要望があり、私の許の本もいらなければ譲って欲しいとのお問い合わせがありました。「進士蔵書」の印のある本が中国の何処かの大学で活用されていると思うと嬉しい。先生は八十七歳を過ぎてから『史記』の研究書・解釈書五百冊を読んでその研究の流れを調べられたとおっしゃいました。お宅までお送りするという私の言葉を遮って、お御足の悪い奥様に代わって買い物をして帰ると言われたので又の逢瀬を約して、その矍鑠として毅然とした後姿をお見送りしました。御年百四歳にて御逝去。

現在でも人の世の再会は期し難い。まして李白の時代には別れて再び会う事は至難の事だったのだと、しみじみ思いました。

広陵は揚州の古名。鑑真和上の出身地でもあり、遣唐使の上陸した地でもあります。
「黄鶴楼」は武漢市武昌の西、長江の南岸の長江を見下ろす高台にある楼です。

黄鶴楼には次のような伝説があります。

「昔、居酒屋に一人の老人が来て毎日酒を飲んで代金を払わなかった。それでも店主は酒を飲ませ続けて半年、老人はある日蜜柑の皮で壁に鶴を描いて、手を打てば鶴が舞うだろうと言って去った。手を打つと果たして黄色の鶴が出て舞った。それが評判になりしばらくして店主は沢山の富を得た。ある日老人が再び現れて絵の中の鶴を呼び出して白雲と共に去った。そこで店主は楼を建てて黄鶴楼と名付けたという。」

「黄鶴楼」は三国時代に作られたと伝えられる古い楼で、その後破壊と修築が繰り返されて、現在のものは一九八五年に落成したもので、五層の楼で長江が見渡され、岳陽の岳陽楼と共に江南の名楼と言われます。黄鶴楼を詠んだ詩は多く、中でも崔顥の律詩「黄鶴楼」は唐代の律詩の代表作といわれ、李白が黄鶴楼でこの詩を見て感嘆し黄鶴楼の詩は作らなかったという伝説があります。

　友と別れた後の我が身の寂しさを詠んで送別の詩とした詩には上のような詩もあります。

送杜十四之江南　　孟浩然

荊呉相接水為郷　　荊呉　相接して　水　郷となる
君去春江正淼茫　　君去りて　春江　正にびょうぼう
日暮孤舟何処泊　　日暮　孤舟　何れの処にか泊する
天涯一望断人腸　　天涯　一望　人のはらわたを断つ

ここ荊の国という楚の地と君の行く江南の呉の国は隣あって水郷の地となっている
君の旅行く春の揚子江は今水は豊かに広々として果てもなく流れている
この夕暮れ一人君の乗って去った舟は何処の岸辺に泊まるのだろうか
空の果てを遠く眺めやるとわたしは別れの悲しみにはらわたもちぎれそうだ

楚の国と呉の国は隣あっていて共に水郷地帯、そんなに遠くに行くわけではないと作者は自分に言い聞かせるように思う。しかし君は去り春の揚子江が水を満々として広々と広がっているのを見ると、茫漠たる空白感で私は堪らない思いがする。ああ、君はもういないのだ。あたりはもう日暮れとなった。見えなくなった君の舟は今夜何処に泊まっているのだろう。空の彼方を見やると私は別れの悲しさで断腸の思いでいる。別離の悲しみ。

題に「杜晃進士の東呉にゆくを送る」となっているのもあります。杜は姓晃は名。十四は排行です。進士は官吏の登用試験である科挙に合格した人です。科挙は難関な官吏の登竜門。漢文の授業で「進士」が出て来ると、私は生徒達から畏敬の目で見られたものです。

九

石壕吏

杜甫

暮に石壕の邨に投ず
吏有り　夜　人を捉ふ
老翁　墻を踰えて走り
老婦　出を門でて看る
吏の呼ぶは　一に何ぞ怒しき
婦の啼くは　一に何ぞ苦だしき
婦の前みて詞を致すを聴く
三男は　鄴城に戍れり
一男　書を附して至れるに
二男は　新たに戦死せりと
存する者は　且らく生を偸むも
死せし者は　長へに已めり

室中　更に人無く
惟だ　乳下の孫有るのみ
孫に母有り　未だ去らざるも
出入に　完裙無し
老嫗　力は衰へたりと雖も
請ふ　吏に従ひて夜に帰かん
急ぎ河陽の役に応ぜば
猶ほ晨炊を備ふるを得んと
夜久しくして　語声　絶え
泣いて幽咽するを聞くがごとし
天明　前途に登るに
独り　老翁と別れしのみ

日暮れ時石壕村に宿をとった。
役人が夜男子を徴発にやってきた。
宿の主人の爺さんは土塀を越えて逃げ、
宿の婆さんは門を出て役人と対応した。
役人の呼び声の何と激しいこと。
老婆の泣き声の何と辛そうなこと。
老婆が役人の前でものを言うのを聞くと
「三人の息子は皆鄴城の戦に行っています。
一人の息子が手紙をことづけて来ましたが、
二人の息子はつい最近戦死したとの事です。
生きている者はともかくもかりそめの命をむさぼれますが（どうやら生きているが）、
死んだ者は永久にもうどうにもなりません。
家の中にはもう他に男はいません。
ただ乳飲み子の孫がいるだけです。
孫がいますのでその母親（戦死した息子の嫁）はまだこの家にいますが、
他所に出掛けるのに満足なスカートもありません。
このばばは力は衰えていますが、

どうかお役人と一緒に夜の中に出かけたい。
すぐに河陽の労役に参じましたならば、
わたしのような者でも朝御飯の準備くらいはできましょう」と。
夜が更けて話し声もとだえ
かすかに咽び泣きが聞こえるようであった。
夜明けに私が旅路に出発した時に、
爺さんとだけ別れを告げたのみであった。

石壕は河南省陝県の村の名。吏は役人。杜甫のこの詩によって「石壕吏」という語は「酷吏」の代名詞になっています。

「三男・二男・一男」はそれぞれ、三男は三人の息子、二男は二人の息子、一男は一人の息子の意味です。太郎・次郎・三郎の意味ではありません。

この杜甫の詩は有名で古来多くの人に読まれています。男は根こそぎ戦場に駆り出された時、女もまた我が子や夫を失った悲しみの涙に浸ることも許されず、戦争を支援させられるのです。このような老婆でさえも。

正岡子規はこの詩を数首の和歌の連作にしています。

石壕の村に日暮れて宿借れば夜深けて門を敲く人誰ぞ
墻踰えてをぢは走りぬうば一人司の前にかしこまり泣く
三郎は城へ召されぬいくさより太郎文よこす二郎死にきと
生ける者命を惜しみ死にすれば又かへり来ず孫一人あり
おうなわれ手力無くと裾かかげ軍にゆかん米炊ぐべく
うつたふる宿のおうなの声絶えて咽び泣く声を聞くかとぞ思ふ
暁のゆくてを急ぎひとり居るおきなと別れ宿立ち出でつ

この正岡子規の連作の歌の中で、三男二男一男を太郎二郎三郎と詠んでいるのは間違いで、これでは詩の意味が通りません。子規がここを読み誤ったのは、男性はすべて、老婆までもが戦場に徴発されていく戦争の無残さに込めた杜甫の切実な思いには、真に思い至らなかったゆえかと私には思われます。

採用して下さる学校の校長にお目にかかったとき、「漢文の力がありませんので教える事は出来ません」と申し上げると、校長はにっこりなさって「ご心配には及びません。この学校には漢文の大家の老先生が二人もいらっしゃいますから、先生が漢文を受け持たれることはないと思います」とおっしゃいましたので、私はすっかり安心していました。

その年の暮れでした。国語科の先生の会議の席で「来年度からの指導要領の改定に従って、漢文の先生も現代国語の授業を受け持ちますので、昨年の会議でご了承頂きましたように、国文の方も漢文も受け持って頂きます。年配の方は急に受け持たれるのも大変でしょうから、来年度はお若い方から受け持って頂く事にして、順次皆さんに受け持って頂くようにしましょう」と言われました。

「お若い方？」該当者は私しかありません。まったく世の中には何があるか分からない。

まずは一年生の漢文を教えることになりました。漢文の文章を読むこと位はできます。「赤壁賦」くらいは暗誦出来ます。漢詩は幾篇も諳じています。しかし初めて漢文を学ぶ生徒にその基礎をどのように教えたらいいか。漢文の基礎を教えるのですから大変です。けれども出来ないなんて言えませんから、漢文の先生にご指導をお願いし、勉強をしました。教育実習生よろしく授業も拝見させて頂きました。お二人とも懇切に教えて下さいました。しかし傾けるべき蘊蓄のない身には、どうしても授業は急行列車になります。十知っていることは十教えようとしますから。自分に十分の蘊蓄があって、その上で重点的に何を教えるかを体得するまでが大変でした。

退職するまでに実に多くのいろいろな文章を教えました。教えることによってまた多く学びました。もしあの機会がなかったら私は単なる史記や十八史略や漢詩の愛好家に過ぎなかったでしょう。

先日来書庫の整理を始めました。書類の間から初めて漢文を教えた頃のプリントが何枚も出て来ました。一年生の初めの頃の生徒にさせる漢文の初歩の演習問題で、漢文の老大家の先生が私の教えるクラスの分まで印刷して下さったものでした。その独特の字を懐かしく見ていると捨てるに忍びませんでした。

「石壕吏」には何人かの方々の訳詩があります。次にその一つをご紹介します。

石壕のつかさ　　土岐善麿　訳

日ぐれ　石壕の　村にやどれば
夜　つかさ　人をぞ捉う
垣こえて　翁はのがれ
門に出でて　嫗は看る
怒りたち　つかさの呼ぶに
苦しけく　嫗はなげく
進みいで　嫗の申す
「子らみたり　みな　城を攻め
そのひとりの　たよりとどきて
ふたり　いま　戦い亡せぬ
生けりとも　しばしのいのち
死にたるは　とわに終りぬ
家のうち　人気なしとや
乳のみ児の孫あるのみぞ
孫の母　いまだは去らぬ
出で入りに　まとうものなし
衰えし老の身ながら
いざ　つかさ　夜を従れゆかん
さしせまる　河陽の　役(えだち)
いとせめて　朝餉は炊かん」
夜ふかく　ひとごとたえて
すすり泣く声きこゆらし
しらじらと　空あけゆくに
ひとり　翁と　立ち別れつる

先の太平洋戦争では少年から初老の人まで男性は戦場に駆り出され、老いた人や女性は徴用工として工場へ。学徒は勤労動員されて軍需工場へ。それは強制労働そのものでした。

息子四人兵にとられし老い人に炭坑へ行けと徴用令来し　　酒井藤吉

今年の三月の朝日歌壇に載っていた歌です。

私と小学校同学年だった男子で、国民学校高等科を昭和二十年の春卒業して少年戦車兵に志願して満州で敗戦を迎え、シベリア送りの列車からとびおりて、闇夜に紛れて高梁畑に逃げ込み、物乞い同然の姿で奉天まで辿りつき命の助かった友がいます。十四歳でした。

このような体験をした私たちには他人事としては読み流す事が出来えない詩です。

杜甫にはこの詩の外にも「兵車行」など戦争を批判した詩が幾篇もあります。

十　峨眉山月歌

李白

峨眉山月半輪秋
影入平羌江水流
夜発清渓向三峡
思君不見下渝州

峨眉山月　半輪の秋
影は平羌江水に入りて流る
夜清渓を発して三峡に向う
君を思へども見えず　渝州に下る

峨眉山の山の端に半月がかかり、今は秋
月の光は平羌江にさしいり揺ぎ流れる
夜私は清渓を出発して三峡へ向かうのだ
君を思いながらも会えず渝州へと下る

峨眉と聞くと私は蛾眉を連想します。蛾眉とは三日月形の美しい眉の事。美しい女性のことを意味します。

半輪の月というと私には昼の白い半月が思われるのです。影は江水に入りとあり、夜清渓と発すと詠んでいますから、月は夜の月、江水にさすのは月の光と、古来解釈されていますが、私には川の面に白い夕月が映っている情景が浮かびます。白い夕月を見ながら、月の美しい今宵に三峡に下るのだ、と作者は詠んでいるように思われるのです。「君」についてもいろいろ解釈されていますが、峨眉から連想して親しい美しい女性かなと。

振仰けて若月見れば一目見し人の眉引思ほゆるかも　大伴家持

万葉集巻六（九九四）の家持の歌はこんな漢詩を踏まえて詠まれたものかと推察します。渝州とは今の重慶のことです。

初夏でした。真っ青な青空。草津から白根に行く車のフロントガラスから中天に薄く刷いたような一片の雲が見え、とよくよく見ましたら薄く白いややに大きな半月でした。それを見つつ李白のこの詩を思いました。私は昼の白い月が好きでそれを見ると必ず李白のこの詩が思われます。

兎さんだけよく見えると幼言う夕べの空に白き半月　郁

孫を保育園にお迎えにいった帰り道まだ明るい夕方の道を歩いていると、空に白い半月が出ていました。「兎さんだけ見えるわね。臼と杵は隠れて見えないのね」と孫が言いました。三歳児の足にはややに遠い家路を孫と手を繋いで歩いているうちに半月は黄金色に光り初めました。峨眉山の半輪の月も白い半月で、作者が見ている間にこのように光り初めていったという時間的経過があったのではないかなと思いつつ歩いていました。

半かけお月さん　　西條八十

半かけお月さん
どこへゆく
半分さがしに
山へゆく
山には　ぐみの木　山椒の木
月のかけらは
見あたらぬ

半かけお月さん
どこへゆく
お山にゃ無いから
海へゆく
海には　色貝　子安貝
月のかけらは
見あたらぬ

（草川信作曲）

白い半月を見ると自然にこの童謡が口をついて出て来ます。遠い昔母が歌った歌。きらきら光る月のかけらを想像しつつ聞きました。

先日、月面探査機「かぐや」の使命が終わり、その機体が月面に落下するところをテレビの画面で見ていて衝撃を受けました。これから他の国々も月面探査をするようになるでしょう。それらの探査

竹里館　　北原白秋

その人は腰かけてゐた、
薄藍いろのつめたい揚に、
竹林の中である、泉石のそば、
その人は琴を膝に、何やら幽かに、
清掻(すががき)してゐる。
王摩詰ではないか。
あの哀曲「鬱輪袍(うつりんはう)」
多情多才のわかい日はどこへ失せたぞ。
白いは晝の半月、
無為の心。
それでも幽かに
琴は鳴つてる。

機も使命が終わると月面に落下していくのでしょうか。月面は多くの探査機の廃棄場になってしまうのかと。

昔から月は「月待てば潮もかなひぬ」のように地球の人々との生活に結び付いていましたが、それに影響を与えないだろうかと門外漢は心配をしています。

昼の半月にはこの白秋の詩も思われます。

この詩は王維の詩「竹里館」の「王維」を詩にしたものと思われます。

王維。字は摩詰。九歳で詩文を作ったと言われ、秀れた詩が多くあります。また書や音楽にも秀れていたと伝えられます。

「鬱輪袍」とは王維の作曲した悲歌のことではないでしょうか。この詩を初めて読んだ時から、何だろうと思いつつ何十年、浅学怠学の私は確かめずに

竹里館　王維

獨坐幽篁裏　独り坐す　幽篁の裏（うち）
琴弾復張嘯　琴（きん）を弾じて　また長嘯（ちやうせう）す
深林人不知　深林　人知らず
明月来相照　明月来りて　相照らす

深い竹の林の中に独り座って
琴を弾じ声長く詩を口ずさむ
深い竹林の中の世界を人は知らないが
明月の光だけは訪ねてわたしを照らす

すごしてしまいました。こんな詩を読むと先人の詩人たち作家は読書家だなあと脱帽してしまいます。単に私が勉強不足・物知らずだけなのでしょうけれど。

先日、池田先生にお電話して「うつりんは う」をおたずねしました。百歳をこえられた先生は即座に丁寧にお教え下さり、翌日お手紙を下さいました。

奥深い竹の林の中の静かな世界は人は知るまいが、明月だけが私を訪れる。と世俗を隠遁したような静かな境地の詩で私の好きな詩。白秋はこの詩に一幅の絵のような世界を見出して前掲の詩を作ったのでしょうか。夏目漱石も『草枕』の中でこの詩を賞しています。

唐代の詩人の経歴を見ると安禄山の乱でその人生の変転を余儀なくされ、不本意な日々を送った詩人が多くいます。王維しかり、李白しかり、杜甫またしかり。

社会での栄達を諦めた時に閑雅な詩境に達するのかも知れませんが、それとても戦火が自分の身に及ばない限りです。静かな所に身を置くことが出来る事が可能なればこそ。でなければ歌を詠む事はできません。現代では詩歌も社会とは無縁には存在しないのです。

爆弾は我が身に直撃しますから、平和な社会であってこそ歌が詠めるのですから。

あとがき

私たちは生まれた時から成長するにしたがって、多くの詩や歌を聞いたり読んだりいたします。生まれたばかりの赤ちゃんの時はただの音にすぎなかったであろう詩や歌を、言葉として認識し、その意味が分かるようになるには赤ちゃんの脳や心は非常な速さで発達成長しているのではないか、と私は思っています。

寝がえり、這い這い、お座り、立っち、という身体的運動能力の成長は目に見えますが、それらも赤ちゃん自身の意志によるものではないでしょうか。そう考えると赤ちゃんの脳は、覚える・考える・思う、などと生まれた時からものすごい速さで忙しく動き発達し、悲しみ・痛み・喜び・寂しみ、などの感情を早くから感じているのではないかと思います。

詩や歌も繰り返し繰り返し聞いている中に、言葉としてはまだわからなくても、脳の中では音の繫がりとして覚え、それらが次第に意味のある言葉として理解できるようになっていくのではないかと考えられます。

母が赤ん坊の私に子守唄代わりに藤村の詩や旧制高校の寮歌を聴かせたのは、寝つきの悪い我が子を一刻も早く寝かせつけたいという一心であって、早教育のできない環境にいる私に、せめて藤村の詩を教えようと考えたわけではないでしょうが、「ときはくれゆくはるよりぞまたみじかきはなかるらん」「ようぐんこえなくぼくしゃにかえり」と毎晩何回も聞かされている私は、意味は分からないながらその文句を自然に覚え、一人で寝ているときなどは、頭の中で繰り返したりしていたのでしょう。

そして成長するに従って言葉の意味も少し分かるようになると、覚えた詩句の意味を考えたりして、記憶力や考える力が養われたのではないかと思っています。

私は赤ちゃん期から幼児期の子供をからかったり、じらしたりするのはその発達上から避けたいと思っています。赤ちゃんは何も言いませんが、いろいろなことをしっかり記憶しているのです。ですから赤ちゃん期から幼児期こそ静かな物思う時間をと思います。余韻とか抒情の気持ちを子供の心に育てたいと思うからです。

本書では失われた少女時代への嘆きが多いのにお気づきかと思いますが、これは美しいものに憧れ、素晴らしい人の挙措動作を真似て己の知性・品性を正しく磨くようなお手本に恵まれずに過ごさざるを得なかった、思春期・青春前期への嘆きです。

戦中・戦後の少女の時には大人たちは我先にと食糧を手に入れることに奔走する姿を見せることしか出来ませんでした。そうしなければ生きていけなかったからです。

大人の女性から知性や教養を見て育つことなく、即ち、良きモデルのなかったままに少女達は成長しました。戦後成長した少女達は世間的に有名な男性をモデルとして、人より出世すること、有名になることなどを目標として生きてきたように思われます。他人と背比べばかりする風潮も戦後からいまだに続いています。その結果、他人の足を引っ張ったり見下したりする社会を作り出しています。戦後男女同権となりましたが、女性自らが己自身の考えで成長するには七十年ではまだまだ足りないと私は痛感しています。

また戦争は多くの犠牲者を出しただけではなく、それぞれの年齢の人から成長に大切な時を奪いました。それぞれが人間としての大切な時期を十分に生きられなかった時代でした。私はそれも戦争の持つ無残さだと思います。

「あとがき」からすこし逸脱いたしますので、恥しい思いですが、時代の経験の継承が薄れていく一つの事例として、私事にまつわる出来事を記すこととといたします。

幼き日に母から「我が家の何代か前に、お茶屋遊びの好きな若旦那がいて、朝帰りをすることが度々。川の渡し守さんには気が引けるし、村人の目も恥ずかしい。そこで川に橋をかけた。便利になって村人からは感謝されましたが、小遣い銭に不自由し、橋銭をとって村人の不評をかった」という話を聞きました。

当時はその橋を丸木橋程度のものと勝手に想像していましたが、近頃、それが明治九年に信濃川に架けられた全長五百メートル以上もある越後長岡の橋（長生橋）であることを知りました。橋の袂に明治二十八年にたてられた「信濃川架橋創業旌功碑」があります。私財を投じ、家産を傾け、小作さんたちの協力も得て架橋してからも、木橋のため洪水による一部流失や保全のための修理など、高祖父（廣江椿在門）の労苦は続いたであろうことは容易に想像されますが村人からは通行料はとらなかったと聞きました。母から聞かされた話とはずいぶん異なります。

こんな私事を書きましたのは、私達は祖父母の生きた時代のことも、その考え方も生き方さえもはっきり知らずにいまを生きている、ということをお伝えしたかったからです。ですから、先の大戦の悲惨さも経験しなかった人は分らないのです。同じ時代を生きても、艦砲射撃や焼夷弾による、女、子供、老人皆殺しの火の海を命からがら生き延びた人と経験しなかった人では戦争に対する考え方は異なります。ましてや戦争体験のない人には戦争の悲惨は伝わらなくなります。

「白秋」と共に私は病気になり仕事を辞めました。今後いつまでの命かと思いました時に私の戦争体験を書き遺そうとして仲間と共に二冊の本を作ることが出来ました。

杉並区の社会人講座で万葉集の講師を依頼され、思いがけなく十五年かけて全巻を読み終わりました。この会は三十年を過ぎた今も続いていて、万葉集や古事記のほかに古典文学作品の講義をしながら新しい発見もありました。隣接の大学でナチのユダヤ人強制収容所から生き延びたドイツ語の詩人パウル・ツェランの詩を学びました。白秋は病の苦痛と共にこうして過ぎました。この期に学びつつ、講義しつつ考えた原稿はこの度は省きました。

『記録―少女たちの勤労動員』の増補改訂版刊行に際してご縁を得た西田書店の日高様に本書の原稿を見ていただきました。詩歌の引用が多い原稿を読みやすいきれいな紙面にして下さったお仕事に心より感謝しております。また校正の労をとってくださった同書店の関根様、装丁を引き受けてくださった臼井新太郎装釘室の臼井様にも感謝いたします。

二〇一九年　白秋

進士　郁

著者略歴

進士　郁（しんじ　いく）

一九三〇年　東京生まれ
一九四八年　東京都立第二高等女学校卒業
同年　東京女子高等師範学校文科入学
一九四九年　お茶の水女子大学国文科入学
同年　学制改革により東京女高師二年中退
一九五三年　お茶の水女子大学国文科卒業
同年　東京都公立中学校教諭（国語）
一九六三年　東京都立高等学校教諭（国語）
一九八九年　病気のため退職
一九八九年　戦時中在学していた茨城県立日立高女の同級生に呼びかけて戦争体験文集作成を提案
一九九〇年　『十四歳の戦争―その時日立は戦場だった』刊行
一九九一年　「戦時下勤労動員少女の会」を結成し同会代表
一九九六年　『少女たちの勤労動員の記録』刊行
同年　平和協同ジャーナリスト基金賞奨励賞受賞
二〇一三年　増補改訂版『記録―少女たちの勤労動員』刊行
一九八九年から現在（二〇一九年）社会人講座にて古典文学講座の講義

私の出逢った詩歌〔下巻〕

二〇二〇年二月二〇日　初版第一刷発行

著　者　進士（しんじ）　郁（いく）
発行者　日高徳迪
装　丁　臼井新太郎

発行所　株式会社　西田書店
東京都千代田区神田神保町二―三四　山本ビル
TEL〇三―三二六一―四五〇九
FAX〇三―三二六二―四六四三

印　刷　株式会社　平文社
製　本　有限会社　高地製本所

ISBN978-4-88866-644-2
・定価はカバーに表示してあります。
・落丁本、乱丁本はお取替えいたします（送料小社負担）。